『야간 비행』 비행 경로

야간 비행

NIGHT FLIGHT

야간 비행

앙투안 드 생텍쥐페리 지음 | 김지현 옮김

페리버튼

디디에 도라* 씨에게 바칩니다.

_앙투안 드 생텍쥐페리

목차

서문

항공사들이 직면한 가장 큰 과제는 다른 교통수단과의 속도 경쟁이었다. 이 책에서 훌륭한 상관으로 묘사되는 리비에르는 그 문제를 이렇게 설명한다.

"우리에게 그것은 생사가 걸린 문제다. 낮 동안 철도와 선박을 앞질러 얻은 이점을 우리는 밤마다 잃어버리기 때문이다."

야간 비행은 처음에는 강한 반발에 부딪혔으나, 마침내 받아들여졌다. 수많은 위험을 겪은 끝에야 실행 가능해졌던 것이다. 『야간 비행』이 집필되던 당시에도 여전히 그것은 모험적인 일이었다. 예측할 수 없는 항로의 위험에다, 믿기 어려운 밤의 신비가 더해졌기 때문이다. 물론 크고 작은 위험은 여전히 남아 있었지만, 매번의 비행은 항로를 조금 더 열어주며 다음 비행을 더 안전하게 만들었다. 미지의 땅을 탐험하는 일처럼 비행에도 개척기의 영웅적 시대가 있었고, 바로 그런 선구자들의 비극적 모험을 그린 『야간 비행』은 자연스럽게 서사시적인 울림을 갖는다.

나는 생텍쥐페리의 첫 작품 『남방 우편기』도 좋아하지만, 『야간 비행』을 더 높이 평가한다. 어느 비행사의 추억을 강렬하고 세밀하게 기록한 『남방 우편기』는 감상적인 요소가 섞여 있어 주인공을 독자에게 한층 더 친근하게 만든다. 사랑에 민감한 주인공은 인간적이고 상처받기 쉬운 존재로 다가온다. 반면 『야간 비행』의 주인공은 인간성을 잃지 않으면서도 한 단계 더 초인적인 덕목에 도달한다. 이 숨 가쁜 이야기에서 내가 무엇보다 매혹되는 것은 바로 그의 고귀함이다. 우리는 이미 인간의 나약함, 포기, 타락 따위를 잘 알고 있으며, 오늘날 문학은 그런 것들을 드러내는 데 지나치게 능숙하다. 그러나 진정 우리에게 필요한 것은 긴장된 의지에서 비롯되는 자기 초월이다.

비행사의 모습 못지않게 눈길을 끄는 인물은 그의 상관 리비에르다. 그는 직접 행동하지 않는다. 대신 비행사들에게 행동을 이끌어내고, 자신의 덕목을 불어넣으며, 최선을 다하도록 요구하고, 위업을 강요한다. 그의 냉혹한 판단은 나약함을 허용하지 않는다. 작은 실수조차 가차 없이 처벌한다. 처음에는 그 엄격함이 비인간적이고 지나치게 보일 수 있다. 그러나 그 엄격함은 인간 자체가 아니라 인간의 결함을 겨냥하며, 리비에르는 그것을 단련시키려 애쓴다. 이런 묘사를 통해 우리는 작가가 무엇에 감탄하는지를 느낄 수 있다. 특히 "행복은 자유가 아니라 의무의 수용에 있다"는 역설적인 진실을 드러내 준 점에서 나는 작가에게 깊은 감사를 느낀다. 이 책의 인물들은 모두 자신이 맡은 위험천만한 임무에 헌신하고, 오직 그것을 완수하는 데서만 행복한 안식을 얻는다. 리비에르는 냉혈한이 아니며(실종된 조종사의 아내를 맞이하는 장면은 그 무엇보다 감동적이다), 또한 명령을 내리는 일이 그것을 실행하는 조종사들보다 더 큰 용기를 필요로 한다는 사실을 보여준다.

그는 이렇게 말한다.

"사랑받으려면 동정심만 있어도 된다. 하지만 나는 동정심이 거의 없거나 그것을 숨기곤 한다. (…) 이따금 내 안의 힘에 놀라곤 한다."

그리고 또 이렇게 말한다.

"자네가 명령하는 사람들을 사랑하되, 그 사실을 말로 드러내지 말게."

리비에르를 지배하는 것은 의무감이다.

"의무에 대한 막연한 감정, 그것은 사랑보다 더 위대하다."

인간은 결코 자기 자신 안에서 목적을 찾지 못한다. 그는 알 수 없는 어떤 것에 복종하고 희생하며, 그것에 지배받고 그것으로 살아간다. 나는 여기서 내 작품 속 프로메테우스에게 "나는 인간을 사랑하지 않는다. 나는 인간을 고통스럽게 하는 것을 사랑한다."라고 말하게 했던 그 모호한 감정을 다시 발견할 수 있어 기쁘다. 그것이야말로 모든 영웅주의의 근원이다.

"우리는 인간적 삶의 한계를 넘어서는 것처럼 행동한다."고 리비에르는 생각한다. 그러나 그래서 어쩌란 말인가? 어쩌면 구해내야 할 어떤 것, 좀 더 영속적인 무엇이 존재할 것이다. 어쩌면 리비에르가 일하는 이유는 바로 인간의 그 부분을 지켜내기 위해서일지 모른다. 우리도 이러한 진실을 의심하지 말자.

과학자들이 끔찍하게 예견하는 미래의 전쟁 속에서는 남성적 덕목이 무용지물이 될 것이다. 영웅주의의 개념이 탈영(脫英)에 기울어지는 시대에, 가장 고귀하고 유용한 의미에서의 용기를 볼 수 있는 곳은 바로 비행이 아닐까? 무모해 보이는 일조차 임무로서, 지휘 체계 속에서 수행될 때는 그렇지 않다. 끊임없이 목숨의 위협을 느끼는 조종사야말로 우리가 흔히 말하는 '용기'라는 개념을 비웃을 권리를 가진다.

생텍쥐페리는 내가 오래전 그에게서 받은 편지를 여기에 인용하더라도 이해해 줄 것이다. 그것은 그가 카사블랑카와 다카

르 사이의 항로 개척을 위해 모리타니아 상공을 비행하던 시절
에 쓴 편지다.

"언제 돌아갈 수 있을지 모르겠네. 몇 달째 일이 너무 많아. 실
종 동료를 찾고, 반란 지역에 추락한 비행기를 수색하고, 때로는
다카르행 우편기를 직접 조종하기도 하지."

"얼마 전에는 작은 성과를 거두었어. 추락한 비행기를 구출하
기 위해 무어인 열한 명과 기술자 한 명과 함께 이틀 밤낮을 함
께했지. 그 과정에서 갖가지 심각한 상황이 벌어졌고, 생전 처음
머리 위를 스쳐 날아가는 총알 소리를 들었다네. 나는 그런 상
황에 처한 내 모습을 체험할 수 있었지. 놀랍게도 무어인들보다
훨씬 차분했어. 그리고 늘 궁금했던 사실을 이해하게 되었네. 왜
플라톤(아니, 아리스토텔레스였던가?)이 용기를 덕목의 끝자리에
두었는지 말이야. 용기는 결코 아름다운 감정들로만 이루어진
것이 아니야. 거기에는 약간의 분노, 약간의 허영심, 큰 고집, 그
리고 스포츠를 즐길 때 느끼는 평범한 쾌감이 있지. 무엇보다 육
체적 힘을 키우는 일은 용기와 아무런 상관이 없어. 그저 윗도리
를 풀어헤치고 팔짱을 낀 채 편히 숨 쉬는 거지. 그러면 한결 상
쾌해져. 밤에 그런 일이 벌어지면, 거대한 바보짓을 해냈다는 기
분이 뒤섞이곤 하지. 이제 나는 단순히 용감하기만 한 사람을 칭
찬하지 않을 거야."

나는 퀸튼의 책(그 책에 전적으로 동의하지는 않지만)에서 한 구절을 가져와, 방금 인용한 편지의 제사(題詞)로 붙여도 좋을 것이다.

"우리는 사랑을 감추듯 용기를 감춘다."

아니면 이렇게 말하는 편이 더 나을지도 모른다.

"착한 사람들이 자신의 온정을 숨기듯, 용감한 사람들은 자신의 공적을 숨긴다."

생텍쥐페리의 모든 이야기는 그가 실제로 '잘 알고 있는' 이야기다. 끊임없는 위협을 직접 겪어낸 그의 삶은 흉내 낼 수 없는 진정성을 그의 작품에 부여한다. 우리는 전쟁 이야기와 상상의 모험을 다룬 수많은 책들을 알고 있다. 이따금 저자의 재치가 돋보이는 경우도 있지만, 진정한 모험가와 투사라면 실소를 금치 못할 책들도 많다. 내가 문학적 가치에 감탄해 마지않는 이 책은 동시에 귀중한 자료적 가치도 지니며, 이 두 가지가 긴밀히 결합되어 『야간 비행』에 특별한 중요성을 부여하고 있다.

앙드레 지드

1

황금빛 석양 속, 비행기 아래로 보이는 언덕들은 어느새 그림자를 짙게 드리우고 있었다. 대지에 깊게 새겨진 그 그림자는 마치 배가 지나간 흔적처럼 보였다. 들판은 언제까지나 사그라지지 않을 것 같은 빛으로 환하게 물들었다. 이 지방에서는 겨울이 지나가도 흰 눈이 오랫동안 남아 있듯, 황금빛 노을도 들판에 오래도록 남아 있다.

땅의 남쪽 끝에서 부에노스아이레스를 향해 파타고니아˚ 노선 우편기를 몰고 오는 조종사 파비앵은 몇 가지 신호로 저녁이 다가옴을 알아차릴 수 있었다. 마치 항구의 물결과도 같은, 잔잔한

구름들이 하늘에 슬쩍 그려 놓은 옅은 주름과 이 고요함이 그런 신호들이었다. 그는 거대하고도 평온한 정박지로 들어서고 있었다.

이렇게 고즈넉한 분위기 속에서, 파비앵은 자신이 목동이라도 된 것처럼 여유롭게 산책하는 중이라 생각했을지 모른다. 파타고니아의 목동들이 이쪽 양 떼에서 저쪽 양 떼로 느긋하게 옮겨 다니듯 파비앵은 이 도시에서 저 도시로 옮겨 다녔고, 그렇게 목동이 되어 작은 도시들을 지키곤 했다. 2시간마다 그는 강가에서 목을 축이거나 들판에서 풀을 뜯고 있는 자신의 양 떼를 만났다.

때로는 바다보다 인적이 드문 대초원을 100킬로미터쯤 지난 뒤에야 외딴 농가 하나를 만나기도 했는데, 그런 농가는 마치 사람들의 삶을 실은 채 대초원의 넘실대는 물결에 떠밀려 저 뒤로 밀려나는 한 척의 배처럼 보였다. 그럴 때면 파비앵은 비행기 날개를 살짝 기울여 그 배에 인사를 건네곤 했다.

—산안이 보임. 10분 후 착륙 예정.

기내 무선사*가 항로에 있는 모든 무선전신국으로 소식을 전했다.

마젤란해협에서 부에노스아이레스까지 2500킬로미터에 걸쳐 비슷비슷한 기항지(寄港地)[**]들이 늘어서 있었다. 하지만 이곳 산 훌리안 기항지는 밤의 경계 위에 펼쳐져 있어, 마치 아프리카에서 마지막으로 정복당한 촌락이 미지의 세계를 향해 열려 있는 것 같았다.

무선사가 조종사에게 메모 하나를 건넸다.[***]

'뇌우가 너무 심해서 수신기에 잡음밖에 안 들어와요. 산훌리안에서 자고 갈까요?'

파비앵은 빙긋이 웃었다. 하늘은 수족관처럼 평온했고 그들이 향하는 기항지들에선 하나같이 '하늘 맑음, 바람 없음'이라는 신

---

[*]   항공기에 탑승해 무선 통신 업무를 담당한 승무원. 조종사가 직접 무전을 다루지 않던 항공 초창기에는, 기내 무선사가 지상 무선국과 교신하여 기상 상황, 항로 지시, 긴급 상황 등을 전송하고 수신했다.

[**]   연료 보급이나 우편·화물 하역, 승객 승하차 등을 위해 잠시 들르는 항구나 공항을 뜻한다.

[***] 1920-30년대의 대형기는 엔진 소음·미비한 인터폰 등으로 인해 기내 무선사와 조종사 간의 직접적인 대화가 어려웠다. 또한 기록·재확인·조종사 업무 경감을 목적으로 기내 무선사는 모스 수신 내용을 정확히 메모로 옮겨 조종사에게 전달하는 관행이 있었다.

호를 보내오고 있었다. 그가 답했다.

‘계속 가죠.’

그러나 무선사는 과일 속에 들어앉은 벌레처럼 뇌우가 어딘가에서 자리 잡고 있을 거란 생각이 들었다. 밤이 아무리 아름다울지라도 어딘가 상한 곳이 있을 터였다. 그는 그 썩어 들어갈 어둠 속으로 들어가기가 영 내키지 않았다.

엔진 속도를 줄여 산훌리안을 향해 하강하면서, 파비앵은 피로를 느꼈다. 인간의 삶을 아늑하게 해 주는 모든 것이 그를 향해 다가오며 점점 커지고 있었다. 이를테면 집들, 아담한 카페들, 산책길에 늘어선 나무들이. 그는 마치 정복을 이룬 저녁에 제국의 땅을 굽어보며 사람들의 소박한 행복을 발견하는 정복자 같았다. 파비앵은 이제 그만 무기를 내려놓고 무거워진 몸과 욱신대는 통증을 오롯이 느껴 보고 싶었다. 곤궁한 처지에 있더라도 마음은 풍요로울 수 있는 법이다. 이곳에서 평범한 인간으로 살면서, 이제부터는 창밖의 변함없는 풍경을 바라보며 지내고 싶었다. 그는 이 자그마한 마을에서 기꺼이 살았을 것이다. 사람이란 일단 선택을 내리고 나면, 삶에서 맞닥뜨리는 운명에 만족하기 마련이고 그 운명을 사랑할 수도 있으니까. 마치 사랑처럼 우리를 경계 안에 가두는 것이다. 파비앵은 여기서 오래도록 살면서 이곳의 영원함에서 한 자리를 차지하고 싶었다. 그가 1시간쯤 머물다 가는 작은 마을들과 그가 지나치는 오래된 담장으로 둘러싸인 정원들은 그와 상관없이 영원히 존재할 것처럼 보였기 때문이다. 마을이 비행기를 향해 솟아오르더니 그의 앞에 활짝 펼쳐졌다. 파비앵은 우정과 다정한 소녀들과 하얀 식탁보가 주는 아늑함, 그리고 서서히 영원에 길들여지는 모든 것을 생각했다. 마을은 어느새 비행기 날개에 닿을 듯 말 듯 흘러가고, 갇혀 있던 정원들은 이제 더는 담장의 보호를 받지 못한 채 그 신비를 드러내고 있었다. 하지만 파비앵은 착륙하면서 본 것이라곤 몇몇 사람이 돌담 사이에서 느릿느릿 움직이는 모습뿐임을 깨달았다. 이 마을은 아무런 움직임을 보이지 않는 것만으로 마을이 지닌 열정의 비밀을 지켜 내고 있었고, 온화한 모습은 통 보여 주려 하지 않았다. 그 온화함을 손에 넣으려면 비행이라는 행동을 포기해야 했을 것이다.

10분 동안 기착한 뒤 파비앵은 다시 출발해야 했다. 그는 산훌리안을 돌아다보았다. 그곳은 이제 한 줌 불빛에 지나지 않았고, 이내 별이 되었다가, 마지막으로 그의 마음을 빼앗고는 먼지로 흩어져 버렸다.

"계기판이 더는 보이질 않아. 불을 켜야겠는데."

파비앵은 스위치를 켰다. 조종석의 붉은색 램프가 계기판 바늘들을 비추었지만, 아직은 대기의 푸르스름한 빛 속에 희미하게 섞여 있어 바늘들을 또렷하게 보여 주지는 못했다. 그는 손가락을 전구 앞에 갖다 대 보았다. 손가락이 붉게 물들까 말까 한 정도였다.

"너무 빨리 켰나."

그러나 밤은 컴컴한 연기처럼 피어올라 어느새 골짜기를 가득 메우고 있었다. 이제는 골짜기와 들판을 구분할 수 없었다. 마을들은 이미 불을 밝힌 채, 별처럼 반짝이는 불빛으로 서로에게 응답하고 있었다. 파비앵도 손가락으로 비행기 항법등을 켰다 껐다 하며 마을들에 화답했다. 대지는 빛의 신호들로 충만했고, 바다를 향해 등대를 밝히듯 집마다 자신의 별을 밝혀 광대한 밤을 마주하고 있었다. 인간의 삶과 관련된 모든 것이 이미 반짝거리고 있었다. 밤으로 들어서는 일이 이번에는 마치 배가 정박지로 들어서듯 느릿하고 아름다워 파비앵은 감탄했다.

그는 계기판 쪽으로 고개를 수그렸다. 계기판 바늘의 라듐*이 빛나기 시작했다. 숫자들을 하나하나 확인한 조종사는 만족스러웠다. 자신이 하늘 속에 굳건히 자리 잡고 있음을 알게 된 셈이었다. 그는 동체의 강철 골조에 손가락을 가볍게 대어 보았고, 금속 안에 생명이 흐르고 있음을 느꼈다. 금속은 진동하는 게 아니라 살아 있었다. 500마력 엔진이 이 물체 안에 아주 유순한 전류를 흐르게 해서, 얼음처럼 차가운 금속을 벨벳처럼 부드러운 살로 바꾸어 놓았다. 다시 한번, 조종사는 비행하는 동안 현기증도 도취도 느끼지 않고 오직 살아 있는 육체의 신비로운 움직임만을 경험했다.

이제 그는 자신의 세계를 다시 구성했고, 그 안에 편안히 자리 잡으려고 팔꿈치를 이리저리 움직여 보았다.

그는 배전반을 툭툭 두드려 보고, 스위치를 하나하나 만져 보고, 몸을 약간 움직여 뒤로 더 기대어 앉으면서, 움직이는 밤이 받쳐 주고 있는 5톤짜리 금속체의 흔들림을 제대로 느끼기에 가장 좋은 자세를 찾았다. 그런 다음 손을 더듬어 비상 램프를 제자리에 밀어 넣고, 램프에서 손을 떼었다가 다시 잡아 보며 램프가 미끄러지지 않는지 확인하고, 또다시 손을 뗐다. 레버를 하나

---

* 스스로 빛을 내는 은백색 방사성 원소. 20세기 초반에 야광 물질로 널리 사용되었다.

하나 건드려 보고, 앞이 보이지 않는 상황에서도 정확하게 조작할 수 있도록 손가락을 훈련했다. 그리고 손가락에 모든 것이 충분히 익은 다음에야 램프를 켜 정밀한 계기들을 정비하고, 계기판만을 주시하면서 잠수하듯 밤 속으로 들어섰다. 그러고 나서 아무것도 흔들리지도 진동하지도 떨리지도 않고, 자이로스코프*와 고도계와 엔진 회전수도 안정적으로 유지되자, 가볍게 기지개를 켜고 목덜미를 의자 가죽에 기댔다. 그러고는 말로 설명할 수 없는 희망을 맛보게 되는, 비행 중의 깊은 명상에 젖어 들기 시작했다.

이제 그는 파수꾼처럼 밤의 한가운데에서, 밤이 인간을 보여 준다는 걸 알게 된다. 이 신호들, 이 불빛들, 이 불안함을 말이다. 어둠 속에 빛나는 저 수수한 별 하나, 저건 외딴집 한 채다. 불빛이 꺼지는 다른 별 하나, 저건 사랑을 품고 문을 닫는 집이다.

아니면 근심을 품고 문을 닫는 집인지도. 세상에 더는 신호를 보내지 않는 집이다. 전등불을 앞에 두고 탁자 위에 팔을 괴고 있는 저 농부들은 자신들이 바라는 게 무엇인지 모른다. 그들은 자신들의 욕망이 그들을 둘러싼 광대한 밤 속에서 얼마나 멀리

---

* 항공이나 선박의 자세·방향 변화를 감지하고 안정화하는 장치.

까지 가닿는지 알지 못한다. 하지만 파비앵은 1000킬로미터 떨어진 곳에서 날아오는 동안 공기가 높은 파도처럼 갑자기 일렁이며 살아 숨 쉬는 비행기를 들었다 놨다 하는 걸 느낄 때, 전쟁터 같은 폭풍우를 열 개쯤 통과하며 폭풍우 사이사이 달빛 비치는 공간을 지나왔을 때, 그리고 정복하는 기분으로 저 불빛들 하나하나에 다다를 때 그들의 욕망을 발견한다. 저 농부들은 그들의 전등이 허름한 탁자만을 밝힌다고 생각하겠지만, 저들과 80킬로미터 떨어진 곳에서는 마치 저들이 무인도에서 바다를 향해 필사적으로 불빛을 흔들기라도 하는 듯 그 불빛의 부름에 마음이 움직이는 것이다.

2

파타고니아선, 칠레선, 파라과이선 우편기 세 대가 그렇게 각각 남쪽, 서쪽 그리고 북쪽에서 부에노스아이레스로 돌아오고 있었다. 부에노스아이레스에서는 자정 즈음 출발시킬 유럽행 비행기에 이들이 가져오는 우편물을 실으려고 기다리고 있었다.

바지선처럼 육중한 엔진 덮개 뒤에 앉아 밤 속에 파묻힌 채, 조종사 셋은 각자의 비행을 묵상하고 있었다. 이제 그들은 폭풍우가 치는 하늘 혹은 평온한 하늘에서 거대한 도시를 향해 찬찬히 내려올 것이다. 마치 낯선 촌사람들이 산에서 내려오듯이.

항공 노선 전체를 책임지는 리비에르는 부에노스아이레스 착륙장에서 이리저리 서성이고 있었다. 그는 입을 다물고 있었다. 우편기 세 대가 무사히 도착하기 전까지는 불안한 마음으로 하루를 보내고 있어야 했던 것이다. 순간순간 전보가 도착할 때마다 리비에르는 이런 생각이 들었다. 운명에게서 무언가를 빼앗고, 미지의 영역을 줄이고, 자신의 승무원들을 밤 밖으로 끌어내 해안으로 이끌고 있다는 생각이.

잡역부 한 명이 리비에르에게 다가와 무전국에서 온 메시지를 전했다.

"칠레선 우편기가 부에노스아이레스의 불빛이 보인다고 알려 왔습니다."

"좋아."

조금 있으면 리비에르는 그 비행기 소리를 듣게 될 것이다. 밤이 비행기 한 대를 이미 내어 주고 있었다. 밀물과 썰물과 신비로 가득한 바다가 이리저리 흔들며 오랫동안 가지고 놀던 보물을 해안가에 내어 주듯이. 조금 더 있으면 나머지 두 대도 밤에게서 돌려받게 될 것이다.

그러면 이 하루가 마무리된다. 지친 승무원들은 자러 가고, 기운 넘치는 승무원들이 교대할 것이다. 하지만 리비에르는 쉬지 못할 것이다. 이번에는 유럽으로 향하는 우편기가 그를 잔뜩 불안하게 만들 테니까. 항상 그럴 것이다. 늘 그랬듯이. 이 나이 든 투사는 자신이 처음으로 피곤함을 느낀다는 사실에 놀랐다. 비행기가 도착한대도, 그것은 전쟁을 끝내고 행복한 평화의 시대를 여는 그런 승리는 절대로 될 수 없을 것이다. 그에게는 비슷한 발걸음 1000번 중에 이제 한 걸음 내디딘 것에 지나지 않을 터였다. 리비에르는 오랫동안 팔을 쭉 뻗은 채로 아주 무거운 짐을 들고 있는 것 같은 기분이었다. 휴식도 희망도 없이 노력만 쏟아붓고 있었다.

'나도 이제 늙나보다……'

행동 자체만으로는 더 이상 아무런 영양분을 얻지 못한다면, 그건 나이를 먹었다는 뜻이다. 그는 자신이 지금껏 한 번도 고민한 적 없는 문제를 골똘히 생각하고 있다는 데 놀랐다. 그런데 그가 항상 멀리해 왔던 달콤한 것들이 우수에 젖은 속삭임과 함께 그에게 다시 다가오는 것이었다. 마치 보이지 않는 바다처럼.

'이 모든 게 이렇게도 가까이 있었단 말인가?……'

그는 인간의 삶을 감미롭게 만드는 것들을, 나중에 나이 들어 '시간이 나면' 해야지 하면서 조금씩 미뤄왔다는 걸 깨달았다. 마치 언젠가는 정말로 여유 시간이 생길 것처럼, 마치 인생의 끝자락에는 상상하던 그 안락한 평화를 얻을 수 있을 것처럼. 하지만 평화란 없다. 어쩌면 승리란 것도 없을지 모른다. 모든 우편기의 도착이 완전히 끝나게 되는 그런 일은 없다.

리비에르는 한창 작업에 몰두하고 있는 고참 정비 반장 르루 앞에 멈춰 섰다. 르루 역시 40년 동안 일해 왔다. 그는 이 일에 온 힘을 쏟았다. 르루는 밤 10시나 자정이 되어서야 집에 돌아가곤 했는데, 그렇다고 그때 그의 앞에 다른 세상이 펼쳐지거나 집이 도피처가 되어 주는 것도 아니었다. 무거운 머리를 들어 푸르스름한 축을 가리키며 "너무 꽉 조여 있어서, 내가 조절해 뒀어요"라고 말하는 그에게, 리비에르는 미소를 지어 보였다. 리비에르는 르루가 말한 축 위로 몸을 숙여 살펴보았다. 리비에르는 다시 직업의식에 사로잡혔다.

"이 부품들을 좀 더 느슨하게 조정하라고 작업반에 말해야겠네."

그는 뻑뻑했던 부분을 손가락으로 만져 보고는 다시 르루를 바라보았다. 르루의 자글자글한 주름 앞에서 별난 질문이 하나 떠올라 리비에르의 입가를 맴돌았다. 그는 미소를 지으며 물었다.

"르루, 살면서 사랑은 많이 해 보셨고?"

"아! 사랑이라, 본부장님도 아시겠지만……."

"그렇지, 나처럼 시간이 없었던 거지."

"많진 않았죠……."

리비에르는 르루의 목소리에 쓸쓸함이 묻어나진 않는지 귀를 기울였다. 하지만 그런 낌새는 없었다. 이 사람은 지나온 삶에 대해 평온한 만족감을 느끼고 있었다. 판자를 반들반들하게 잘

다듬어 놓고 "자, 다 됐다"라고 말하는 목수처럼.

리비에르는 생각했다. '자, 그럼 내 인생도 다 된 건가.'

그는 피곤한 탓에 떠오르는 서글픈 생각들을 모두 밀어내고 격납고로 향했다. 칠레에서 오는 비행기가 요란한 소리를 내고 있었기 때문이다.

3

멀리서 들려오던 엔진 소리가 공기를 점점 더 빽빽이 채워 갔다. 말하자면 소리가 익어 가고 있었다. 곳곳에 불이 켜졌다. 붉은색 항공 표지등이 격납고와 무전탑과 네모난 착륙장의 윤곽을 드러내 주었다. 축제가 준비되고 있었다.

"저기 온다!"

비행기는 벌써 탐조등 빛줄기 속으로 굴러들어 오고 있었다. 빛을 받아 얼마나 번쩍거리는지 새 비행기처럼 보였다. 그런데 비행기가 마침내 격납고 앞에 멈추고 정비사들과 잡역부들이 우편물을 내리려고 서둘러 움직이는 동안에도, 조종사 펠르랭은 꼼짝도 하지 않고 있었다.

"어? 안 내리고 뭘 기다립니까?"

조종사는 뭔가 알 수 없는 것에 몰두해 있어 대답도 하지 않았다. 어쩌면 비행 중에 몸을 통과하듯 울려 대던 모든 소음에 여전히 귀를 기울이는지도 몰랐다. 그는 천천히 고개를 끄덕이더니, 몸을 앞으로 숙이고 무언가를 만지작거렸다. 이윽고 상사들과 동료들 쪽으로 몸을 돌리고는 그들이 자기 소유물이라도 되는 듯 진지하게 바라보았다. 그는 그들을 세어 보고, 이리저리 재어 보고, 무게를 가늠해 보는 듯했다. 그리고 이 사람들을 제 손에 넣었다고 생각했다. 또 축제가 열리는 이 격납고와 이 단단한 시멘트 바닥을, 더 나아가 이 활기찬 도시와 이곳의 여인들과 온기까지도 자신이 얻어냈다고 생각했다. 그는 이 사람들을 자기 백성이라도 되는 양 커다란 두 손안에 움켜쥐고 있었다. 이 사람들을 만질 수도, 이들이 하는 말을 들을 수도, 이들에게 모욕을 줄 수도 있었으니까. 처음에 그는 저들에게 욕을 해 줄까 생각했다. 살아 있는 게 당연하다는 듯 태평하게 달이나 구경하며 지낸다고 말이다. 하지만 그는 너그럽게 말했다.

"……술이나 한잔 사십시오!"

그러고는 비행기에서 내려왔다.

펠르랭은 이번 비행에 대해 말해 주고 싶었다.

"오늘 비행이 어땠는지 안다면 말입니다……."

그는 이 정도만 말해도 충분하다고 생각하고 가죽 비행복을 벗으러 갔다.

침울한 표정을 한 감독관과 입을 꾹 다문 리비에르와 함께 자동차를 타고 부에노스아이레스로 향하면서, 펠르랭은 서글퍼졌다. 곤경에서 벗어나 무사히 두 발로 땅을 딛고 욕을 한껏 내뱉을 수도 있으니 물론 좋다. 얼마나 기쁘고 짜릿한지! 하지만 지난 일을 돌아보면 뭔가 미심쩍은 데가 있다.

태풍과 벌이는 사투, 그건 적어도 현실이고 또 명백한 일이다. 하지만 사물이 보여 주는 얼굴이란, 사물이 자기 혼자 있다고 생각할 때 짓는 표정은 그렇지 않다.

'그건 꼭 반란 같아. 그저 조금 창백했던 얼굴이 완전히 변해 버린다니까!' 그는 생각했다.

펠르랭은 당시 상황을 기억해 내려 애썼다.

그는 평온하게 안데스산맥 위를 지나가는 중이었다. 겨울에 내린 눈이 산맥을 뒤덮어 평화로운 분위기를 자아내고 있었다. 켜켜이 쌓인 세월이 인적 없는 고성에 평화를 깃들게 하듯, 겨울 눈이 거대한 산맥에 평화를 깃들게 했다. 너비가 200킬로미터나 되는데도 사람 하나, 생명체의 숨결 하나, 기색 하나 없었다. 비행기에 스칠 듯 해발 6000미터까지 솟아오른 산등성이, 장막처럼 펼쳐져 가파르게 내리꽂히는 암벽, 숨 막히는 정적만이 있을 뿐이었다.

투풍가토 봉우리* 근처에서였다…….

그는 곰곰이 생각했다. 그렇다. 바로 그곳에서 그는 어떤 기적을 목격했다.

처음에는 아무것도 보이지 않았고, 그저 불편한 느낌이 들 뿐이었다. 혼자 있는 줄 알았는데 혼자가 아니라 누군가 자신을 지켜보고 있다는 걸 알았을 때처럼. 그는 너무 늦게 그리고 영문도 모른 채, 자신이 분노에 둘러싸여 있다는 걸 알았다. 그게 다였다. 하지만 그 분노는 대체 어디서 온 것이란 말인가?

그 분노가 돌에서 배어 나오고 눈에서 스며 나온다는 걸 그가 무슨 수로 짐작했겠는가? 그에게 분명 아무것도 다가오지 않는 것 같았고, 어두운 폭풍이 일지도 않았기 때문이다. 하지만 그곳에선 원래의 세상과 그리 다르지 않은 또 하나의 세상이 솟아나고 있었다. 펠르랭은 왠지 모르게 마음을 졸이며 그 때 묻지 않은 산봉우리들, 산등성이들, 약간 회색빛을 띠는 눈 덮인 산마루를 바라보고 있었다. 그 순간 그것들이 군중처럼 살아 움직이기 시작했다.

맞붙어 싸울 상대도 없는데 그는 조종간을 잡은 두 손에 힘을

---

* 안데스산맥과 아르헨티나 멘도사의 경계에 걸친 봉우리. 해발 약 6,570 m이다.

잔뜩 주었다. 그가 알지 못하는 어떤 일이 일어나려 하고 있었다. 그는 뛰어오르려는 짐승처럼 온몸의 근육에 힘을 주었지만, 눈에 보이는 건 오직 평온함뿐이었다. 그랬다. 평온했다. 하지만 그 안에는 어떤 야릇한 힘이 가득 차 있었다.

그러더니 모든 게 날카로워졌다. 산등성이며 산봉우리며 모조리 날이 섰다. 그것들이 마치 뱃머리처럼 거센 바람을 가르는 게 느껴졌다. 거대한 배들이 전투를 준비하려고 자리를 잡는 것처럼 이리저리 방향을 바꾸며 그의 주위를 돌아다니는 것 같았다. 그러고는 먼지가 대기에 뒤섞여 일더니, 눈 덮인 곳을 따라 마치 베일처럼 둥실둥실 떠다니며 피어올랐다. 그때, 만일의 경우에 빠져나갈 길이 있나 살피려고 뒤를 돌아본 그는 몸을 부르르 떨었다. 뒤에 있는 안데스산맥 전체가 마구 들끓는 것 같았다.

"난 이제 끝인가."

앞에 있는 산봉우리 하나에서 눈이 터져 나왔다. 눈을 내뿜는 화산 같았다. 그다음에는 약간 오른쪽에 있는 다른 산봉우리에서도 터져 나왔다. 그리고 모든 봉우리가 하나씩, 마치 보이지 않는 누군가가 달려가면서 차례로 불을 붙이는 것처럼 폭발했다. 바로 그때, 처음으로 소용돌이가 일더니 조종사 주위의 산들이 흔들리기 시작했다.

격렬한 행동은 흔적을 거의 남기지 않는 법이다. 펠르랭이 휘

말렸던 엄청난 소용돌이는 그의 기억 속에 남아 있지 않았다. 단지 잿빛 불꽃 속에서 미친 듯이 몸부림친 것만 떠오를 뿐이었다.

그는 가만히 생각했다.

'태풍, 그까짓 거 아무것도 아니지. 위기는 어떻게든 빠져나오면 돼. 하지만 그전에! 태풍을 딱 맞닥뜨릴 때는 정말이지!'

그는 수많은 얼굴 가운데 어떤 얼굴 하나를 알아낸 거라 생각했지만, 그 얼굴을 곧 잊어버리고 말았다.

4

리비에르는 펠르랭을 바라보고 있었다. 20분 뒤면 펠르랭은 차에서 내려 피곤하고 무거운 기분으로 군중 속에 섞여 들 것이다. 어쩌면 이렇게 생각할지도 모른다.

'정말 지치는군…… 이 젠장맞을 직업!'

그리고 아내에게 '저기 안데스 위보다는 여기가 훨씬 나아'라고 말할 수도 있다. 하지만 펠르랭은 사람들이 그토록 중요하게 여기는 모든 것에 거의 초연해졌다. 그런 건 다 부질없음을 방금 전에 깨달았으니까. 그는 이 도시의 불빛 속으로 다시 돌아올 수 있을지조차 알지 못한 채로, 이 무대의 반대편에서 몇 시간을 보내고 온 참이었다. 성가시지만 소중한 어린 시절의 여자 친구들을, 인간으로서 자신이 지닌 작은 결점들을 다시 마주할 기회가 있기나 할지도 알 수 없었다. 리비에르는 이런 생각을 하고 있었다.

'어떤 군중이든 그 속에는, 눈에 띄게 구별되지는 않아도 비범한 선구자들이 있기 마련이지. 웬만해선 그들 자신도 그걸 모르지만…….'

리비에르는 모험을 칭송하는 사람들 일부를 경계했다. 모험의 신성한 본질은 이해하지도 못하면서 감탄을 내뱉어 모험의 의미를 왜곡하고, 인간의 가치를 깎아내리는 사람들 말이다. 하지만 펠르랭은 특정한 관점에서 바라보는 세상이 어떤 가치를 지니는지 누구보다 잘 알고 있었고, 속된 칭찬은 차갑게 무시할 수 있는 고귀함을 지닌 사람이었다. 리비에르는 "어떻게 해낸 건가?"라며 축하의 말을 건넸다. 리비에르는 자신의 일을 담백하게 이야기하는 펠르랭이 좋았다. 비행에 관해 이야기할 때 그는 마치 대장장이가 모루*에 관해 이야기하듯 덤덤했다.

펠르랭은 우선 빠져나올 길이 막혔었다고 설명했다. 그는 거의 사과라도 하듯 "저도 선택의 여지가 없었습니다"라고 말했다. 그다음엔 눈이 앞을 온통 가려 아무것도 보이지 않았다. 하

---

* 대장간에서 금속을 올려놓고 두드릴 때 받침대로 쓰는 쇳덩이.

지만 그때 강력한 기류가 그를 7000미터 상공으로 들어 올려 목숨을 구해 주었다.

"횡단하는 내내 산마루에 닿을 듯 말 듯 날았습니다."

그는 자이로스코프의 공기 흡입구 위치를 바꿔야 한다는 이야기도 했다. 눈이 흡입구를 막아 버렸다는 것이다.

"눈이 다 얼어붙었단 말입니다."

조금 있더니 다른 기류가 일어 펠르랭은 3000미터 상공까지 급강하해 나동그라졌는데, 어째서 그때까지 아무 데도 부딪히지 않았는지 이해할 수 없었다. 그건 그가 이미 들판 위를 날고 있었기 때문이었다.

"저도 문득 깨달았습니다. 맑은 하늘 속으로 들어가면서 말입니다."

그는 그 순간 드디어 동굴에서 빠져나오는 느낌이 들었다고 말했다.

"멘도사*에도 폭풍이 불던가?"

"아니요. 착륙할 때 맑은 하늘에 바람 한 점 없었어요. 하지만 폭풍이 제 뒤를 바짝 쫓아오고 있었던 겁니다."

그는 "어떻든 아주 요상한 폭풍이었습니다"라면서, 하도 이상

---

* 아르헨티나 서부 도시.

해서 설명하는 거라고 했다. 폭풍의 꼭대기는 저 높이 눈구름 속에 있어 보이지 않았지만, 아래쪽은 검은 용암이 흐르듯 들판 위를 휩쓸고 지나갔다. 폭풍이 마을들을 하나하나 집어삼켰다.

"그런 건 태어나서 처음 봤습니다……."

그러더니 어떤 기억에 사로잡힌 듯 입을 다물었다. 리비에르는 감독관을 돌아보았다.

"태평양에서 불어온 태풍인데, 통보를 너무 늦게 받았어. 더군다나 그런 태풍은 안데스산맥을 넘어온 적이 없으니까."

"동쪽으로 그렇게 계속 쫓아올 거라고는 예상 못 했습니다."

감독관은 아무것도 모르면서도 리비에르의 말에 동의했다.

감독관은 뭔가 주저하는 듯하더니 펠르랭 쪽으로 몸을 돌렸다. 목젖이 움찔거렸지만 그는 아무 말도 하지 않았다. 그는 잠시 생각에 잠겼다가 앞을 똑바로 바라보면서 우울한 위엄을 되찾았다.

감독관은 우울을 짐 가방처럼 지고 다녔다. 그는 리비에르가 몇 가지 애매한 일을 맡기는 바람에 전날 밤 이곳 아르헨티나에 도착했고, 감독관으로서의 위엄과 권위적인 역할에 얽매여 있었다. 그에겐 기발한 생각이나 열정을 칭찬할 권리가 없었고, 단지 의무를 성실히 이행한 것에 대해서만 칭찬해야 했다. 직원들과 술 한 잔을 기울일 권리도, 동료에게 말을 놓고 편하게 대할 권리도 없었다. 거짓말처럼 우연히 같은 기항지에서 다른 감독관을 마주치지 않는 한, 그는 말장난을 할 권리도 없었다.

'심판자로 지내는 건 정말 힘들다니까.' 그는 생각했다.

사실 그는 판단을 내리는 게 아니라 단지 고개를 끄덕이는 거였다. 아무것도 모르기에 부닥치는 모든 일에서 그저 머리만 천천히 끄덕였다. 그런 모습은 양심에 걸리는 게 있는 사람들을 불안하게 만들어 장비를 제대로 관리하는 데 도움이 되었다. 그를 좋아하는 사람은 거의 없었다. 감독관이란 사랑받는 기쁨을 느끼는 자리가 아니라, 보고서 작성을 위해 존재하는 자리니까. 그는 새로운 방법이라든지 기술적 해결책을 제안하는 일은 그만두었다. 리비에르에게서 '로비노 감독관은 시(詩)가 아니라 보고서를 제출해 주기 바람. 로비노 감독관은 직원들의 열의를 고무시키는 데 자신의 역량을 기꺼이 발휘해야 할 것임'이라는 메모를 받은 이후로 말이다. 그때부터 그는 사람들의 결점을 찾는 일에 밥 먹듯이 매달렸다. 그는 술을 마시는 정비공에게, 밤을 하얗게 새우는 비행장 주임에게, 착륙할 때 비행기가 덜컹대게 하는 조종사에게 덤벼들었다.

리비에르는 로비노에 대해 이렇게 말하곤 했다.

"그렇게 똑똑한 친구는 아니야. 그래서 쓰임새가 많긴 하지."

리비에르가 만든 규칙은 리비에르 입장에서는 사람들에 대한 이해를 바탕으로 한 것이었지만, 로비노 입장에서는 규칙 그 자체를 이해한다는 것 외에 아무것도 아니었다.

"로비노, 출발이 지연될 경우에는 시간 엄수 수당을 주지 말게."

어느 날 리비에르가 이렇게 말했다.

"어쩔 수 없는 경우에도 말입니까? 안개가 꼈을 때도?"

"안개가 꼈을 때도 마찬가지지."

로비노는 부당함도 마다하지 않는 꼿꼿한 상사를 둔 사실이 왠지 자랑스러웠다. 그리고 로비노 자신도 상대를 불쾌하게 만들 수도 있는 그런 권한에서 위엄을 끌어낼 생각이었다.

이후로 그는 비행장 주임들에게 반복해 말하곤 했다.

"6시 15분에 출발했으니 특별 수당을 지급할 수 없습니다."

"하지만 감독관님, 5시 30분에 10미터 앞도 안 보였단 말입니다!"

"이게 규칙입니다."

"감독관님, 그렇다고 안개를 빗자루로 쓸어 낼 수도 없는 거 아닙니까!"

로비노는 속내를 드러내지 않고 자기 입장을 유지할 뿐이었다. 그도 경영진에 속했다. 그 멍청한 사람들 가운데 로비노만이 직원들을 어떻게 몰아붙여야 시간을 정확히 지키도록 유도할 수 있는지 알고 있었다.

리비에르는 로비노에 대해 이렇게 말하기도 했다.

"생각을 아예 안 하는 친구니 잘못 생각할 일도 없지."

조종사가 기체에 손상을 입히면, 그 조종사는 무사고 특별 수당을 받지 못했다.

"하지만 숲에서 고장이 나면 어쩝니까?" 로비노가 물었다.

"숲에서 고장이 나도 마찬가지지."

로비노는 그 말을 충실히 이행했다. 이후로 그는 조종사들에게 열성적으로 말하곤 했다.

"유감입니다. 정말 유감스럽지만, 다른 곳에서 고장이 났어야죠."

"아니, 감독관님, 그게 어디 마음대로 됩니까!"

"규칙이 그렇소."

리비에르는 생각했다.

'규칙이란 건 종교 의식 같은 거야. 불합리해 보이지만, 어떤 면에선 인간을 형성한다고 할까.'

리비에르는 자신이 공정해 보이든 부당해 보이든 상관하지 않았다. 아마도 그런 단어들은 그에게 아무 의미도 없었을 것이다. 작은 도시에 사는 소시민들은 저녁이면 공원에 자리한 야외 음악당* 주위를 거닐곤 했는데, 리비에르는 그 모습을 보며 '저 사람들에겐 공정이니 부당이니 하는 게 아무 의미 없어. 저들은 존재하지도 않으니까'라고 생각했다. 그에게 인간이란 반죽해 만들어야 할, 순수한 밀랍 덩어리 같은 거였다. 그 재료에 영혼을 불어넣고 의지를 심어 줘야 했다. 그는 사람들을 엄격하게 다스려 굴복시키려는 게 아니라, 그들을 그들 자신에게서 벗어나게 해 줄 생각이었다. 이륙이 지연되면 무조건 불이익을 준다는 건 부당한 처사였지만, 대신 각 비행장이 정시 출발을 지키도록 몰아붙이는 효과가 있었다. 시간을 지키려는 의지를 만들어 낸 것이다. 그는 직원들이 날씨가 나쁠 때 이를 휴식의 기회로 여겨 즐기도록 내버려 두지 않고, 그들이 날씨가 맑아지길 조마조마하게 기다리게 만들었다. 그래서 막내 잡역부까지도 이륙이 지연되는 것을 은근히 수치스러워했다. 이렇게 해서, 직원들은 갑옷처럼 뚫을 수 없을 것 같은 날씨에도 조금의 틈만 보이면 그것을 이용했다.

"북쪽이 뚫렸다. 출발!"

리비에르 덕분에, 15000킬로미터에 걸쳐 있는 모든 비행장 직원들은 우편기를 그 무엇보다 소중히 여기게 되었다. 리비에

---

* 음악 공연을 위해 공원이나 광장에 설치된 정자 모양의 작은 구조물. 19~20세기 초 유럽에 흔했다.

르는 가끔 이렇게 말했다.

"저 사람들이 행복한 건 자신들이 하는 일을 사랑하기 때문이야. 그리고 그 일을 사랑하는 건 내가 엄격하게 굴기 때문이고."

그는 어쩌면 직원들을 괴롭혔을지 모르지만, 한편으로는 강렬한 기쁨도 안겨 주었다. 그는 생각했다.

'저들이 강인하게 살 수 있도록 밀어붙여야 해. 괴로움도 기쁨도 함께 하는 삶을 살게 해야지. 그런 삶만이 가치 있으니까.'

자동차가 시내로 들어서자, 리비에르는 회사 사무실에 내려 달라고 했다. 펠르랭과 둘만 남게 된 로비노는 펠르랭을 바라보았고, 무슨 말을 할 듯이 입을 벙긋했다.

5

　그런데 그날 저녁 로비노는 지쳐 있었다. 승리자인 펠르랭 앞에서 자신의 삶이 칙칙하다는 걸 막 깨달은 참이었다. 특히 로비노 자신은 감독관이라는 직책과 권위를 지녔는데도, 손에 시커먼 기름때를 묻히고 피곤함에 지쳐 차 한구석에 웅크린 채 눈을 감고 있는 이 남자보다 못하다는 생각이 들었다. 로비노는 처음으로 존경하는 마음이 우러났다. 그 사실을 말해 주고 싶었고, 무엇보다 친구가 필요했다. 그는 이곳까지 온 여행길과 그날 저지른 몇 가지 실수 때문에 고단했고, 아마도 자신이 조금 우스꽝스럽게 느껴졌는지도 모른다. 그날 저녁 연료 재고량을 확인하다 계산이 엉켰는데, 그가 현장에서 잘못을 잡아내려 했던 바로 그 직원이 로비노를 딱하게 여겨 대신해서 계산을 마쳐 주었다.

더 나빴던 건, B6형 오일펌프를 장착한 것을 B4형 오일펌프로 혼동해 직원을 나무란 일이었다. 정비공들은 얄밉게도 그가 20분 동안이나 애먼 소리를 퍼부으며 '변명할 여지가 없는 무지함'을 드러내도록 내버려 두었다.

그는 호텔 방으로 들어가기도 두려웠다. 툴루즈에서 부에노스아이레스까지 이르는 동안, 그는 일을 마치고 나면 항상 호텔 방으로 돌아갔다. 비밀들을 무겁게 짊어진 채 방 안에 틀어박혀서는, 여행 가방에서 종이 뭉치를 꺼내 '보고서'라고 천천히 적은 다음 몇 줄 적다가 모두 찢어 버리곤 했다. 그는 회사를 커다란 위험에서 구해 내고 싶었지만, 회사는 아무런 위험에 빠지지 않았다. 이때까지 그가 구한 것이라곤 녹슨 프로펠러 회전축 하나뿐이었다. 그가 비행장 주임 앞에서 녹슨 부분을 손가락으로 천천히 훑으며 심각한 표정을 지었을 때. 그 주임은 이렇게 말했었다.

"이전 기항지에 말씀하십시오. 이 비행기는 방금 거기서 온 겁니다."

로비노는 자신이 무슨 역할을 하는 건지 회의가 들었다. 로비노는 펠르랭에게 다가가려고 과감히 말을 붙여 보았다.

"저녁 식사나 같이하는 것 어떻습니까? 얘기 좀 하고 싶습니다, 내가 하는 일이 가끔 힘들다 보니……."

그러다 자신을 너무 낮추는 게 아닌가 싶어 급히 고쳐 말했다.

“책임질 게 너무 많은 자리니 말입니다!”

부하 직원들은 사생활에 로비노를 끌어들이고 싶지 않았다. 저마다 이렇게 생각했다.

‘보고서에 쓸 만한 걸 아직 찾아내지 못했다면 지금쯤 굶주려 있겠군. 날 잡아먹으려 들 거야.’

하지만 그날 저녁 로비노는 자신의 비참한 처지 말고는 아무 생각도 할 수 없었다. 골치 아픈 습진에 시달리는 게 그의 유일한 비밀이었는데, 그 비밀을 털어놓고 동정이라도 얻고 싶었다. 자부심에서는 위안을 얻지 못하기에 겸손함에서 위안을 찾으려는 것이었다. 로비노에겐 프랑스에 애인이 한 명 있었는데, 출장을 마치고 프랑스로 돌아가는 날이면 그녀에게 감독 업무에 관해 말해 주곤 했다. 그녀의 마음을 사로잡아 자신을 사랑하게 만들려는 생각이었지만, 오히려 반감만 샀다. 그는 그녀에 대해서도 이야기하고 싶었다.

“그럼, 식사 같이하는 겁니까?”

펠르랭은 너그럽게 그러자고 했다.

6

　부에노스아이레스의 사무실에서 직원들이 꾸벅꾸벅 졸고 있을 때, 리비에르가 들어섰다. 외투를 걸치고 모자를 쓴 그는 언제 봐도 영원한 방랑자처럼 보였다. 그는 거의 눈에 띄지 않았는데, 체구가 작아 움직여도 티가 별로 나지 않는 데다 회색 머리칼과 특색 없는 옷차림이 어떤 배경에도 잘 스며들었기 때문이다. 하지만 어떤 열기가 일어 직원들이 갑자기 활기를 띠었다. 사무원들은 이리저리 움직이고, 사무장은 급하게 최근 서류를 훑어보고, 타자기 치는 소리가 타닥타닥 들렸다.

　전화 교환원이 교환기에 연결선을 꽂고 두꺼운 장부에 전보를 받아 적었다. 리비에르는 앉아서 전보를 읽었다. 칠레선 우편기가 겪은 시련도 지나갔고, 그가 확인하는 전보들은 이제 모든 일이 순조롭게 지나가는 평안한 하루의 기록들이었다. 우편기가 지나간 비행장들에서 차례차례 보내오는 메시지는 간결한 승전보 같았다. 파타고니아선 우편기도 빠르게 전진하는 중이었다. 남쪽에서 불어오는 바람이 거대한 물결처럼 비행기를 북쪽으로 밀어 주는 덕분에 예정 시간보다 앞서고 있었다.

"기상 보고서 좀 가져와 보게."

비행장마다 맑은 날씨와 투명한 하늘과 순한 바람을 뽐내고 있었다. 황금빛 저녁이 아메리카 대륙을 감싸고 있었다. 리비에르는 모든 일이 활기차게 진행되어 기분이 좋았다. 파타고니아선 우편기는 지금 어디선가 한밤중의 모험을 치르며 분투 중이겠지만, 유리한 상황에 있었다.

리비에르는 보고서를 한쪽으로 밀어 놓으며 말했다.

"좋아."

그러고는 세상의 반쪽을 지키는 밤의 파수꾼으로서, 업무가 어떻게 진행되는지 둘러보러 밖으로 나갔다.

열린 창문 앞에 멈춰 서서, 그는 밤이 무언지 이해했다. 밤은 부에노스아이레스를 둘러싸고 있었고, 거대한 범선처럼 아메리카 대륙도 품고 있었다. 그 웅장한 느낌이 놀랍지는 않았다. 칠레 산티아고의 하늘이 낯선 하늘이긴 하지만 우편기가 일단 산티아고를 향해 출발하면, 항로의 이쪽 끝에서 저쪽 끝까지 우리 모두 깊고 둥근 하나의 지붕 아래 있었으니까. 지금 저 우편기만 해도 그렇다. 무선사*는 우편기가 보내올 메시지를 들으려고 수신기를 들고 초조하게 기다리지만, 파타고니아의 어부들은 우편기의 현등이 반짝이는 걸 보고 있을 것이다. 비행 중인 우편기에 대한 걱정이 리비에르의 마음을 내리누를 때, 그 걱정은 비행기 엔진의 요란한 소리와 함께 여러 곳의 수도와 지방 도시도 함께 내리누르고 있었다.

맑은 밤하늘에 기분이 좋으면서도, 그는 혼란스럽던 밤들을 떠올렸다. 비행기가 큰 위험에 빠져 구조하기조차 어려워 보였던 그런 밤들을. 그럴 때면 부에노스아이레스 무선전신국에서는 으르렁대는 천둥소리와 뒤섞인 우편기의 신음에 귀를 쫑긋 세우곤 했다. 하지만 폭풍우가 소리를 덮어 버려 황금처럼 중요한 통신 음파가 들리지 않았다. 밤의 장벽을 향해 눈먼 화살처럼 쏘아 올려진 우편기의 구슬픈 단조 노래에 얼마나 짙은 비탄이 담겨 있었는지!

리비에르는 직원들이 밤샘 근무를 할 때 감독관이 있어야 할

---

* 지상 무선사. 공항 · 중간 기착지의 무선국에서 항공기와 교신해 기상 · 항행 정보 및 운항 지시를 송수신하고 통신일지를 기록 · 중계하는 전문 통신원.

자리는 사무실이라고 생각했다.

"로비노를 불러오게."

로비노는 조종사 한 명과 이제 친구가 되려는 참이었다. 그는 호텔에서 조종사 앞에 여행 가방을 펼쳐 놓았다. 가방에선 감독 관도 보통 사람과 다를 게 없음을 보여 주는 자질구레한 물건들이 나왔다. 촌스러운 셔츠 몇 장, 세면도구, 그리고 빼빼 마른 여자의 사진 한 장. 감독관은 그 사진을 벽에 핀으로 꽂았다. 그는 자신의 보물들을 하찮은 순서대로 늘어놓으며, 조종사에게 제 누추한 처지를 드러냈다. 마음이 앓는 습진. 그는 자신의 감옥을 보여 준 것이었다.

하지만 누구에게나 그렇듯 로비노에게도 한 줄기 빛이 있긴 했다. 그는 가방 깊숙한 곳에서 정성스레 싸인 조그만 꾸러미 하나를 꺼내면서 마음이 보들보들 포근해지는 걸 느꼈다. 그는 그 꾸러미를 아무 말 없이 오랫동안 토닥거렸다. 그러고는 마침내 손을 떼며 말했다.

"사하라에서 가져온 겁니다……."

감독관은 용기 내어 속내를 털어놓고는 막상 부끄러워 얼굴을 붉혔다. 그는 쓰라린 좌절, 불행한 부부 관계, 그리고 모든 우울한 현실 속에서도 신비로운 세계로 향하는 문을 열어 주는 이 거무스름한 조약돌들로 위안을 얻곤 했다.

로비노는 얼굴을 좀 더 붉히며 말했다.

"브라질에도 똑같은 조약돌들이 있습니다……."

펠르랭은 전설 속 아틀란티스에 빠진 감독관의 어깨를 토닥였다.

펠르랭도 수줍어하며 물었다.

"지질학을 좋아하시나 봅니다?"

"푹 빠져 있습니다."

그의 인생에서 즐거움을 주는 건 오직 돌들뿐이었다.

사무실에서 호출이 왔을 때 로비노는 서글펐지만, 곧 위엄을 되찾았다.

"가 봐야겠군요. 리비에르 씨가 긴히 결정할 문제가 있다고 좀 보자고 합니다."

로비노가 사무실에 들어갔을 때, 리비에르는 로비노를 부른 사실을 깜박 잊고 있었다. 리비에르는 회사에서 운항하는 항공 노선을 붉게 표시한 벽지도 앞에서 생각에 잠겨 있었다. 감독관은 그의 지시를 기다리고 있었다. 한참이 흐른 후에야, 리비에르는 고개도 돌리지 않고 그에게 물었다.

"로비노, 이 지도를 어떻게 생각하나?"

공상에서 빠져나올 때면 그는 가끔 수수께끼 같은 질문을 던

지곤 했다.

"본부장님, 이 지도는……."

사실 감독관은 지도에 대해 아무 생각도 없었지만, 심각한 얼굴로 지도에 시선을 고정한 채 유럽과 아메리카 쪽을 훑어보았다. 리비에르는 감독관에게 아무 말도 하지 않고 자신만의 생각을 이어 가고 있었다.

'이 노선망은, 얼굴은 아름답지만 가혹해. 우리한테서 많은 사람들을, 그것도 젊은이들을 앗아갔어. 그동안 이룬 성과로 권위를 얻어서 이렇게 자리는 잡고 있다만, 문제도 많이 일으키지!'

하지만 리비에르에게 있어서는 목표가 그 무엇보다 우선이었다.

그의 옆에 선 로비노는 앞에 있는 지도를 응시하며 몸을 조금씩 바로 세웠다. 리비에르에게서는 어차피 털끝만 한 연민도 기대하지 않고 있었다.

한번은 동정을 얻어 볼 생각으로 우스운 지병이 있어 인생이 망가졌다고 고백해 봤는데, 리비에르는 농담하듯 대꾸했었다.

"지병 때문에 잠을 못 잔다니, 일하는 데는 도움이 되겠군."

리비에르가 농담 반 진담 반으로 한 말이었다. 그는 "어떤 음악가가 불면증 때문에 아름다운 곡을 만들게 된다면, 그건 아름다운 불면증 아니겠나"라고 습관처럼 말하곤 했다. 하루는 르루를 가리키며 말했다.

"저것 좀 보라고. 얼굴이 못나서 사랑을 밀어내니, 얼마나 아름다운 일이냐 이 말이야……."

르루가 지닌 훌륭한 점은 모두 일생을 일에만 전념하게 만든 그 못생긴 외모 덕분일 거라는 듯이 말이다.

"펠르랭하고는 많이 가까워졌고?"

"그게……."

"나무랄 생각은 없어."

리비에르는 뒤돌아서서 고개를 숙이더니, 종종걸음으로 로비노를 데리고 갔다. 리비에르의 입가에 쓸쓸한 미소가 번졌지만, 로비노는 그 의미를 이해하지 못했다.

"다만…… 다만 자네는 상사란 말이야."

"네." 로비노가 대답했다.

리비에르는 이렇게 매일 밤, 하늘에서 하나의 행동이 드라마처럼 엮여 펼쳐진다고 생각했다. 의지가 약해지면 패배로 이어지고, 어쩌면 날이 밝을 때까지 많은 투쟁을 해야 할지도 모르는 일이었다.

"자네는 자네 역할에 충실해야 해."

리비에르가 힘주어 말했다.

"자넨 어쩌면 내일 밤에라도 그 조종사에게 위험한 출발을 명령해야 할 수 있어. 그러면 조종사도 명령을 따라야 하고.”

“네…….”

“사람들 목숨이 자네한테 달린 거나 마찬가지란 말이야. 그것도 자네보다 더 가치 있는 사람들의 목숨이 말이지…….”

그는 망설이는 듯했다.

“이건 심각한 문제라고.”

리비에르는 여전히 잔걸음을 치면서 잠시 입을 다물었다.

“만약 저 친구들이 우정 때문에 자네에게 복종한다면, 자넨 그들을 속이는 거야. 자네가 개인적으로 그들에게 희생을 강요할 권리는 없지 않은가.”

“네…… 물론입니다.”

“그리고 만약에 저 친구들이 자네와의 친분을 믿고 궂은일을 안 해도 될 거라 생각한다면, 그 또한 자네가 저들을 속이는 거지. 저 친구들은 어차피 복종해야 하니까. 거기 앉게.”

리비에르는 로비노를 자기 책상 쪽으로 부드럽게 밀었다.

“내가 로비노 자네를 제 위치로 돌려놓아 주지. 자네가 지쳤을 때 자넬 북돋워 주는 건 저 부하 직원들이 아니야. 자네가 상사이지 않나. 약한 모습을 보이면 자네만 우스워질 뿐이라고. 받아 적게.”

“저는…….”

"이렇게 적어. '로비노 감독관은 펠르랭 조종사에게 다음과 같은 이유로 징계를 내림……' 이유는 아무거나 자네가 찾아."

"본부장님!"

"알아들었으면 내 말대로 해, 로비노. 아랫사람들을 사랑해 줘. 하지만 그걸 내색해선 안 돼."

이제 다시 로비노는 열정을 품고서 프로펠러 회전축을 닦으라고 지시할 것이다.

비상 착륙장 한 곳에서 무선전신을 보내왔다.

— 항공기 보임. 엔진 속도 줄여 착륙하겠다고 항공기에서 알려 왔음.

아마도 30분쯤 허비하게 될 것이다. 리비에르는 특급 열차가 선로에 멈춰 섰을 때처럼, 그래서 시간이 흘러도 평야를 벗어나지 못하고 있을 때처럼 초조했다. 괘종시계의 큰 바늘이 이제 빈 공간을 가리키며 움직이고 있었다. 두 시곗바늘이 벌어진 사이에 수많은 일이 일어날 수 있었다. 리비에르는 지루한 기다림을 잊으려고 밖으로 나왔다. 밤이 배우 없는 무대처럼 텅 비어 보였다. '이런 밤을 그냥 보내다니!' 그는 억울한 마음으로 창문을 통해 별을 가득 품고 맑게 드러난 저 하늘을, 저 신성한 표식을, 이렇게 허비되는 밤을 밝히는 저 금빛 달을 바라보았다.

하지만 비행기가 이륙하자 밤은 리비에르에게 다시 감동적이고 아름다운 것이 되었다. 밤은 그 가슴속에 생명을 품고 있었다. 리비에르는 그 생명을 돌보는 이였다.

"날씨가 어떤가?" 그는 무선사를 시켜 승무원들에게 물었다.

10초가 흘렀다.

"아주 좋음."

이어서 우편기가 통과한 몇몇 도시의 이름이 들려왔다. 리비에르에겐, 이번 전투에서 손에 넣은 도시들의 이름이었다.

7

1시간 뒤, 파타고니아선 우편기에 타고 있는 무선사는 누군가가 자신의 어깨를 살짝 들어 올리는 느낌을 받았다. 주변을 둘러보니 짙은 구름이 별빛을 가리고 있었다. 그는 몸을 숙여 땅을 내려다보았다. 풀숲에 숨은 반딧불 같은 마을 불빛을 찾아보려 했지만, 그 시커먼 풀숲에서는 아무것도 빛나지 않았다.

힘든 밤이 되리라 생각하니 시무룩해졌다. 전진과 후퇴를 반복하며, 애써 정복한 영토를 돌려줘야 할 것 같았다. 그는 조종사의 전략을 이해할 수 없었다. 조금 더 나아갔다가는 벽처럼 버티고 선 두꺼운 밤에 부딪힐 것만 같았다.

그때, 그들 앞에 보이는 지평선 가까이에서 빛이 미미하게 번쩍였다. 대장간 화덕에서 어른거리는 희미한 불빛 같았다. 무선사가 파비앵의 어깨를 툭 쳤지만 그는 꼼짝도 하지 않았다.

멀리 떨어져 있는 폭풍우가 일으킨 첫 소용돌이가 비행기를 공격했다. 금속 덩어리 기체가 슬그머니 들려 무선사의 몸을 짓누르더니, 이내 자취를 감추며 녹아 없어지는 듯했다. 그는 몇 초 동안 밤 속에 홀로 붕 떠 있었다. 놀란 그는 기체의 강철 골조 기둥을 두 손으로 단단히 붙잡았다.

조종석의 붉은 램프 말고는 세상 어느 것도 보이지 않았다. 무선사는 아무 도움 없이 조그만 광부용 램프 하나에 의지해 밤의 심장부로 내려가는 느낌이 들어 몸서리를 쳤다. 그는 어떻게 할 생각이냐고 조종사에게 감히 물어볼 엄두도 나지 않아, 두 손으로 기둥을 움켜쥔 채 몸을 조종사 쪽으로 기울이고는 조종사의 어두운 목덜미를 바라볼 뿐이었다.

흐릿한 빛 속에 움직임 없는 머리와 양어깨만이 드러나 있었다. 왼쪽으로 약간 기울어진 조종사의 몸은 시커먼 덩어리에 지나지 않았다. 얼굴은 폭풍우를 향해 있었다. 번갯불이 번뜩일 때마다 얼굴에 묻은 어둠이 씻겨 내려갔을 것이다. 하지만 무선사는 그의 얼굴에서 아무것도 보지 못했다. 폭풍에 맞설 때 밀려드는 모든 감정을, 그 꽉 다문 입술과 의지와 분노를, 그 창백한 얼굴과 저 짧은 섬광 사이에 오가는 모든 본질적인 것을 무선사는 헤아릴 수 없었다.

하지만 무선사는 이 움직이지 않는 그림자 안에 응축된 힘을 짐작할 수 있었고, 그게 좋았다. 어쩌면 그 힘이 그를 폭풍우 속으로 데려왔겠지만, 동시에 그를 보호해 주고 있었다. 조종간을 꽉 쥔 조종사의 손이 짐승의 목덜미를 내리누르듯 이미 폭풍을 내리누르고 있을 게 분명했지만, 힘이 잔뜩 들어간 어깨는 미동도 하지 않았다. 그 모습에서 극도의 신중함이 느껴졌다.

무선사는 결국 모든 게 조종사에게 달려 있다는 생각이 들었다. 그래서 무선사는 불구덩이를 향해 질주하는 말의 엉덩이에 앉아 끌려들어 가면서, 그의 앞에 있는 어두운 형체가 나타내는 물질성과 무게감을, 그리고 그 지속성을 음미하고 있었다.

왼쪽에서 또 다른 번갯불이 켜졌다 꺼졌다 하는 등대처럼 희미하게 번쩍였다.

무선사가 그 사실을 알려 주려고 파비앵의 어깨를 건드리려는 순간, 파비앵이 천천히 고개를 돌려 그 새로운 적을 몇 초 동안 마주하고는, 다시 천천히 원래의 자세로 돌아가는 게 보였다. 그의 어깨는 여전히 움직이지 않았고, 목덜미는 가죽 의자에 기댄 채였다.

8

리비에르는 다시 밀려든 불안감을 떨쳐 내려고 밖으로 나와 조금 걸었다. 오직 행동을 위해서만, 그것도 극적인 행동을 위해서만 사는 그는, 이상하게도 그 드라마가 관점을 바꿔 개인적인 일이 되어간다는 느낌을 받았다. 그는 작은 도시의 소시민들이 야외 음악당 주변을 거닐며 겉으로는 평온해 보이는 삶을 살지만, 때로는 병, 사랑, 죽음 같은 드라마로 삶의 무게를 느끼리라 생각했다. 그리고 아마도…… 그 자신의 불행 또한 그에게 많은 것을 가르쳐 주었다.

'그게 세상을 보는 창을 열어 준 걸지도.' 그는 생각했다.

그러고 나서 밤 11시쯤, 숨쉬기가 한결 편해지자 리비에르는 사무실 쪽으로 향했다. 그는 영화관 앞에 몰려 있는 인파를 어깨로 천천히 헤치며 나아갔다. 고개를 들어 별들을 바라보았다. 불 켜진 광고판들에 묻혀 비좁은 도로 위에서 겨우 빛을 발하고 있는 별들을 보며 생각했다.

'오늘 밤엔 우리 우편기가 두 대나 비행 중이니, 내가 온 하늘을 책임지는 거야. 저 별은 이 군중 속에서 나를 찾아내는 신호인 거고. 왠지 이방인 같고 조금 외로운 건 그 때문이겠지.'

음악 한 소절이 떠올랐다. 전날 친구들과 함께 들은 소나타 선율이었다. 친구들은 이해하지 못했다.

"우리한테나 자네한테나 이런 예술이 지루하긴 마찬가지야. 다만 자네는 그걸 인정하지 않을 뿐이지."

"그럴지도……." 그는 이렇게 대답했었다.

이 밤처럼 그때도 외로움을 느꼈지만, 그는 곧 그런 고독이 주는 풍요로움을 발견했다. 그 음악이 주는 메시지는 평범한 사람들 가운데 오직 그에게만, 달콤한 비밀로 다가왔다. 별이 보내는 신호도 마찬가지였다. 수많은 이의 어깨 너머로, 오직 그만이 이해할 수 있는 언어로 그에게 말을 걸고 있었다.

보도에서 사람들에게 이리저리 밀리면서도 그는 이렇게 생각했다.

'화내지 말아야지. 나는 인파 속을 잔걸음으로 걷는, 병든 아이를 둔 아버지나 마찬가지다. 그 아버지는 집안의 깊은 침묵을

가슴속에 품고 있지 않은가.'

그는 눈을 들어 사람들을 바라보았다. 저들 중에서 자신만의 사연이나 사랑을 품고서 잔걸음으로 걷는 이가 있는지 찾아보려 했다. 그리고 등대지기가 느낄 고독을 생각해 보았다.

리비에르는 사무실에 흐르는 고요함이 마음에 들었다. 그는 여러 사무실을 하나하나 천천히 지나갔고, 조용한 가운데 그의 발소리만이 울려 퍼졌다. 타자기들은 덮개 아래 잠들어 있었다. 정리한 서류를 넣어 둔 커다란 수납장들은 잠겨 있었다. 10년 동안 쌓인 경험과 업무. 재물이 무겁도록 쌓여 있는 은행 지하 금고에 온 것 같다는 생각이 들었다. 그는 이곳의 장부 하나하나에 금보다 더 귀한 것, 즉 살아 있는 힘이 축적되어 있다고 생각했다. 마치 은행에 있는 금처럼, 살아 있지만 잠들어 있는 힘이.

사무실 어디선가 그는 혼자서 밤샘 근무를 하는 직원을 만나게 될 것이다. 어디선가 한 사람은 일을 하고 있었다. 삶이 지속되도록, 의지가 계속 이어지도록, 그래서 기항지에서 기항지로, 툴루즈에서 부에노스아이레스까지 이어진 연결 고리가 결코 끊기는 일이 없도록 하기 위해서.

'그 사람은 자신이 얼마나 위대한지 모르겠지.'

우편기들은 어디선가 분투 중이었다. 야간 비행이 질환처럼 계속되고 있었기에, 밤새 보살펴 줘야 했다. 손과 무릎으로, 가슴과 가슴을 맞대고 어둠과 맞서 싸우는 그 사람들을, 눈에 보이지 않는 무언가가 움직이고 있다는 것 외에는 아무것도 모르는 그 사람들을, 바다에서 빠져나오듯 미친 듯이 팔 힘을 써서 거기에서 빠져나와야 하는 그 사람들을. 어떨 때는 "내 손을 보려 해도 불빛에 비춰 봐야 했습니다……." 같은 가슴 아픈 고백을 듣기도 했다. 사진사의 붉은 현상액 속에서는 오직 두 손의 부드러움만이 드러난다. 그게 바로 세상에 남아 있는 것이자 구해 줘야 할 것이었다.

리비에르는 운영 사무실의 문을 열고 들어섰다. 유일하게 켜진 전등 불빛이 한쪽 구석에만 밝은 공간을 만들어 놓았다. 타자기 한 대에서 타닥타닥 나는 소리가 사무실의 고요함에 어떤 의미를 부여하고 있었지만, 그 고요함을 메우지는 못했다. 가끔 전화벨이 울리면, 당직을 서는 직원이 자리에서 일어나 집요하게 반복되며 서글프게 울리는 그 소리를 향해 걸어갔다. 직원이 수화기를 들면 보이지 않는 불안이 가라앉았다. 어두컴컴한 구석에서 대화가 순조롭게 오갔다. 그러고 나면 직원은 덤덤하게 자기 책상으로 돌아갔는데, 고독과 졸음이 가득한 그의 얼굴에는 알 수 없는 비밀이 깃들어 있었다. 우편기 두 대가 비행 중인 밤, 외부에서 걸려 오는 전화 한 통은 얼마나 큰 위협으로 다가오는

가? 리비에르는 저녁 불빛 아래 모인 가족들의 마음을 쿵 내려앉게 만들 전보를, 그리고 거의 영겁처럼 느껴지는 몇 초 동안 그 집 아버지의 얼굴에 남몰래 남을 불행을 떠올렸다. 벨 소리는 처음에는 힘없는 파동일 뿐이다. 외침을 내지른 곳에서 너무나도 멀리 떨어져, 아주 조용히 울린다. 하지만 그때마다 리비에르는 조심스레 울리는 그 전화벨에서 희미한 메아리를 듣곤 했다. 벨이 울릴 때마다 당직 직원은 고독에 휩싸인 채 물속을 헤엄치듯 느리게 움직였고, 물 위로 올라오는 잠수부처럼 어둠 속에서 불빛 아래로 돌아왔다. 리비에르에게는 그의 움직임이 비밀을 짊어진 듯 무거워 보였다.

"거기 있어. 내가 받지."

리비에르는 수화기를 집어 들고 바깥세상의 윙윙대는 소리를 들었다.

"네, 리비에르입니다."

잡음이 작게 들리더니, 이어 사람의 목소리가 들렸다.

"무전국을 연결해 드리겠습니다."

다시 잡음이 들렸다. 교환기에 연결선을 꽂는 소리였다. 이어서 또 다른 목소리가 들렸다.

"무전국입니다. 전보를 알려 드리겠습니다."

리비에르는 내용을 받아 적으며 고개를 끄덕였다.

“음…… 그래…….”

별다른 소식은 없었다. 정기적으로 보내 주는 업무 보고였다. 리우데자네이루에서는 정보를 요청했고, 몬테비데오에서는 날씨를 알려 왔고, 멘도사에서는 장비 이야기를 했다. 회사에서 익숙하게 듣던 소리들이었다.

“우편기는?”

“비바람이 몰아쳐서 저희도 우편기와는 통신이 안 됩니다.”

“알겠네.”

‘이곳에선 맑은 밤하늘에 별들이 반짝이는데, 이런 밤 속에서도 무선사들은 멀리 있는 폭풍우의 기운을 느끼는구나’ 하고 리비에르는 생각했다.

“또 연락 주게.”

리비에르가 일어나자 직원이 다가왔다.

“업무 일지에 서명 부탁드립니다, 본부장님…….”

“그래.”

리비에르는 밤의 무게를 함께 짊어지고 있는 이 사람에게 깊은 우애를 느꼈다. ‘전우나 마찬가지지. 이렇게 같이 밤샘 근무를 하는 게 우릴 얼마나 끈끈하게 이어 주는지 이 친구는 절대 모르겠지’라고 리비에르는 생각했다.

9

서류 한 뭉치를 손에 들고 자신의 사무실로 돌아온 리비에르는 오른쪽 옆구리에 찌르는 듯 날카로운 통증을 느꼈다. 이 통증이 벌써 몇 주째 그를 괴롭히고 있었다.

"느낌이 안 좋아……."

그는 잠시 벽에 기댔다.

"이 우스운 꼴이라니."

그러고는 안락의자를 붙잡고 앉았다.

그는 다시 한번, 자신이 늙은 사자처럼 묶여 있는 기분이 들었다. 슬픔이 깊게 밀려왔다.

"겨우 이러려고 그렇게 일을 해댔나! 나이가 오십인데. 오십 평생을 얼마나 열심히 살면서 나 자신을 단련하고 싸워 왔는데.

일이 진행되는 방향을 내가 바꾼 적도 있다고. 그런데 지금 나를 차지하고 채우는 게 겨우 이 통증이란 말인가. 세상 무엇보다 중요한 것처럼…… 정말 어이가 없어서.”

그는 살짝 맺힌 땀을 닦으며 통증이 가라앉길 기다렸다. 이어 통증에서 벗어나자 다시 일을 시작했다.

그는 서류들을 천천히 살펴보았다.

‘부에노스아이레스에서 301호 엔진을 분해할 때 확인한 바에 따르면…… 책임자에게 중대한 처벌을 내릴 것임.’

그는 서명했다.

‘플로리아노폴리스* 기항지는 지시 사항을 따르지 않았으므로…….’

그는 서명했다.

‘징계 조치로 비행장 주임인 리샤르에게 전근 발령을 내릴 것

---

* 브라질 남부 산타카타리나 주의 도시.

이며…….'

그는 서명했다.

옆구리 통증은 일단 둔해졌지만 여전히 그의 몸 안에 자리 잡고 있어서, 마치 인생의 새로운 의미라도 되는 것처럼 새삼스럽게 느껴졌다. 통증으로 인해 자기 자신을 생각하게 되자 그는 씁쓸해졌다.

'내가 공정한가, 아니면 부당한가? 모르겠다. 내가 채찍을 들면 어떻든 사고는 줄어들어. 책임이란 개인이 지는 게 아니야. 그건 모호한 힘 같은 거라서, 모두에게 책임을 지우지 않는 한 그 누구에게도 책임을 지울 수 없어. 만약 내가 정말 공정하게 일을 처리한다면, 야간 비행은 매번 죽음의 기회가 될 거야.'

그동안 그렇게 힘겹게 이 길을 걸어왔다고 생각하니 피로가 몰려왔다. 동정이란 좋은 것이라는 생각이 들었다. 이런저런 생각에 빠져든 채 서류를 계속 훑어보고 있었다.

'……로블레는 오늘부로 우리 인력에서 제외됨.'

리비에르는 그 나이 지긋한 직원을 떠올렸다. 그날 저녁 나눈 대화가 생각났다.

“본보기야. 어쩌겠나, 본보기인걸.”

“하지만 본부장님…… 그래도 본부장님…… 한 번, 정말 딱 한 번이잖습니까. 생각해 보십시오! 그리고 저는 평생을 바쳐 일했습니다!”

“본보기가 필요해.”

“하지만 본부장님!…… 이것 좀 봐 주십시오, 본부장님!”

낡아빠진 지갑, 그리고 젊은 시절의 로블레가 비행기 앞에서 포즈를 취하고 있는 사진이 실린 오래된 신문지 조각. 리비에르는 그 순수한 영광 위에서 늙은 손이 덜덜 떨리는 것을 보았다.

“이게 1910년이에요, 본부장님…… 여기서 아르헨티나 노선의 첫 번째 비행기를 조립한 게 바로 접니다. 1910년부터 비행기를 만졌습니다……. 본부장님, 20년 됐습니다! 근데 어떻게 이러십니까……. 작업반 젊은 친구들이 얼마나 비웃겠습니까, 본부장님!…… 아, 저를 정말 우습게 생각할 겁니다!”

“그런 건 상관없어.”

“그러면 제 아이들은요, 본부장님. 딸린 자식들이 있단 말입니다!”

“그래서 내가 말하지 않았나. 잡역부 자리를 주겠다니까.”

“본부장님. 저도 체면이 있지 않습니까! 보십시오, 본부장님. 비행기 일을 20년이나 해 온 저같이 나이 든 직원에게…….”

“잡역부 일을 하라니까.”

“아닙니다, 본부장님. 그건 거절하겠습니다!”

나이를 머금은 두 손이 부들부들 떨리고 있었다. 리비에르는 그 주름지고 두껍고 아름다운 피부에서 그만 눈을 돌렸다.

“잡역부 일을 하게나.”

“본부장님. 안 합니다. 말씀드릴 게 더 있습니다……”

“그만 가 보시게.”

리비에르는 생각했다.

‘내가 매정하게 해고한 건 저이가 아니야. 문제를 해고한 거지. 어쩌면 저 사람에겐 책임이 없을지도 모르지만, 어떻든 그를 통해서 발생한 문제니까.’

‘일이란 건 사람이 명령해서 일어나는 거야.’

리비에르의 생각은 이랬다.

‘일은 그 명령을 따르고, 사람은 또 일을 만들고. 직원도 완벽한 존재가 아니야. 그 또한 우리가 만들어 내는 거지. 직원들을 통해 문제가 발생할 땐 그들을 쫓아내는 게 맞아.’

‘말씀드릴 게 더 있습니다……’

그 가엾은 노인네는 무슨 말을 하고 싶었던 걸까! 자신의 오랜 기쁨을 통째로 빼앗는 거라고 말하려던 건가? 자신은 비행기 강철 위에 부딪히는 연장 소리를 좋아하는 사람이라고? 자기 삶

에서 위대한 시 한 편을 앗아갈 셈이냐고? 그리고…… 그래도
계속 살아가야만 한다고?

'너무 지치네.'

몸 안에서 열기가 올라와 그를 어루만지는 것 같았다. 서류를
툭툭 두드리며 생각했다.

'이 노련한 친구. 내가 그 얼굴을 참 좋아했는데…….'

그리고 리비에르는 그의 손을 다시 떠올렸다. 두 손을 맞잡으
려 하던 그 힘없는 움직임이 생각났다. "좋아. 알았어. 그럼 남으
시게"라고만 말하면 충분할 텐데. 리비에르는 그 늙은 손에 기쁨
의 물결이 흘러내리는 모습을 상상해 보았다. 그의 얼굴에서가
아니라 세월이 묻은 두 손에서 드러날 기쁨이 세상에서 가장 아
름다우리라는 생각이 들었다. '이 서류를 그냥 찢어 버릴까?' 그
러면 그 나이 든 직원은 저녁에 집으로 돌아가 가족들 앞에서 점
잖게 자랑할 것이다.

"그래서, 계속 일해도 된대요?"

"그럼! 물론이지! 아르헨티나로 가는 첫 번째 비행기를 조립
한 게 나잖아!"

젊은 직원들도 그를 비웃지 않을 테고, 선배로서의 위엄도 되
찾을 것이다…….

'찢어 버릴까?'

전화벨이 울려 리비에르가 수화기를 들었다.

시간이 한참 흐른 뒤, 바람과 공간이 사람 목소리에 실어 주는 울림과 깊이가 느껴졌다. 마침내 저쪽에서 누군가가 말했다.

"비행장입니다. 누구십니까?"

"리비에르요."

"본부장님, 650 우편기가 활주로에 대기 중입니다."

"좋아."

"이제 준비가 다 끝났습니다. 막 출발하려는 찰나에 전기 회로를 다시 점검해야 했습니다. 연결이 불량했거든요."

"그래. 누가 회로를 연결했지?"

"확인해 보겠습니다. 허락하신다면 징계 조치를 취하겠습니다. 기내 조명이 고장이라도 나면 심각한 문제가 생길 수 있으니까요!"

"물론이지."

리비에르는 생각했다.

'잘못이란 그게 어디서 발생하든 즉시 뿌리를 뽑아야 한다. 그러지 않으면 조명이 고장 나는 일도 생기지. 잘못이 나타나게 하는 매개자를 어쩌다 발견하고도 그걸 그냥 내버려 둔다면 범죄나 마찬가지야. 로블레는 역시 내보내야겠어.'

아무것도 모르는 당직 직원은 여전히 타이프를 두드리고 있다.

"그건 뭔가?"

"보름치 회계입니다."

"왜 아직도 준비가 안 됐지?"

"그게……."

"나중에 보지."

'일이란 게 어떻게 해서 점점 주도권을 차지하고 우리가 통제할 수 없게 되는 건지 정말 신기하단 말이야. 이건 무슨, 숨겨져 있던 거대한 힘이 드러나는 것 같다니까. 그런 힘은 원시림을 일으켜 올리고, 스스로 성장하고, 거세지고, 위대한 과업을 둘러싸고 도처에서 솟아나질 않는가.'

리비에르는 작은 담쟁이덩굴 때문에 무너지고 만 사원들을 떠올렸다.

'위대한 과업…….'

그는 마음을 편히 가지려고 이런 생각도 했다. '나는 이 사람들을 모두 사랑해. 나는 이들과 싸우는 게 아니야. 이들을 통해 나타나는 것과 싸우는 거야…….'

그의 심장이 빠르게 뛰어 그를 괴롭혔다.

'내가 한 일이 옳은지 모르겠어. 인간의 삶이 지닌 정확한 가치도, 정의나 슬픔의 가치도 모르겠고. 한 사람의 기쁨이란 게 얼마나 가치 있는 건지도 잘 모르겠어. 떨리는 손도, 동정심도,

자애롭게 군다는 것도 도대체 얼마만큼 가치가 있는 건지⋯⋯.'

그는 생각에 깊이 잠겼다.

'삶은 모순 그 자체다. 우린 삶과 어떻게든 타협하며 살아가는 거고⋯⋯ 하지만 계속 살아가고, 창조하고, 덧없는 자기 육신을 무언가와 맞바꾼다는 건⋯⋯.'

곰곰이 생각하던 리비에르는 전화기의 내선 벨을 눌렀다.

"유럽행 비행기 조종사한테 전화해 주십시오. 이륙하기 전에 나 좀 보자고."

그는 생각했다.

'이 우편기가 보람도 없이 되돌아와선 안 돼. 직원들이 정신을 바짝 차리도록 내가 나서지 않으면, 밤이 항상 직원들을 불안하게 만들 거야.'

10

　전화벨 소리에 잠이 깬 조종사의 아내는 남편을 바라보며 생각했다.

'좀 더 자게 둬야지.'

　그녀는 남편의 맨가슴이 드러내는 굴곡을 감탄하며 바라보았다. 유선형으로 멋지게 빠진 배 한 척이 떠올랐다.

　남편은 마치 항구에 정박한 배처럼 평온한 침대에서 쉬고 있었다. 그 무엇도 남편의 잠을 방해하지 못하도록 아내는 손가락으로 시트의 주름을, 그림자를, 물결처럼 너울거리는 부분을 없앴다. 신의 손가락으로 바다를 진정시키듯 침대를 달래 주었다.

　그녀는 자리에서 일어나 창문을 열고 얼굴에 부딪히는 바람을 느껴 보았다. 방에서는 부에노스아이레스가 내려다보였다.

사람들이 춤을 추고 있는 이웃집에서 몇몇 멜로디가 바람에 실려 퍼져 나갔다. 마음껏 즐기고 쉬는 시간이었다. 이 도시는 수많은 요새 안에 사람들을 꽉꽉 채워 놓았고, 모든 것이 평온하고 안전했다. 하지만 이 여인은 누군가가 곧 "전투 개시!"라고 외칠 것 같았고, 그러면 단 한 사람, 자신의 남편만이 벌떡 일어날 것 같은 생각이 들었다. 그는 여전히 누워서 쉬고 있었지만, 돌격 명령을 기다리는 예비병이 불안한 마음으로 휴식을 취하고 있는 것이나 다름없었다. 잠든 이 도시는 그를 보호해 주지 못했다. 불빛들이 일으키는 먼지 속에서 남편이 젊은 신처럼 몸을 일으키는 순간, 이 도시의 불빛들은 그에게 무의미해 보일 것이다. 그녀는 그의 단단한 두 팔을 바라보았다. 1시간 뒤면 유럽행 우편기의 운명을 짊어질, 한 도시의 운명과 같이 막중한 무언가를 책임질 팔이었다. 마음이 뒤숭숭했다. 수많은 사람 가운데 이 사람만 홀로 이 예사롭지 않은 희생을 치를 준비가 되어 있다는 게 애달팠다. 남편은 그녀의 온화한 품에서도 빠져나가 있었다. 남편을 먹이고 밤새 보살피고 품어 준 것은 그녀 자신을 위해서가 아니라 그를 데려갈 이 밤을 위해서였다. 그녀는 전혀 알지 못할 투쟁을 위해서, 고뇌를 위해서, 승리를 위해서였다. 그의 다정한 손길은 길들여진 것이었을 뿐, 그 손이 진짜로 어떤 일을 하는지는 그녀가 알 수 없었다. 그녀는 이 남자의 미소와 애정 어린 배

려심을 익히 알고 있었지만, 그가 폭풍우를 만났을 때 내보이는 숭고한 분노는 알지 못했다. 그녀는 음악이며 사랑이며 꽃과 같은 다정한 끈으로 남편을 묶어 두었지만 우편기가 출발할 때마다 그 끈들은 떨어져 나갔고, 남편은 이를 서운해하는 것 같지도 않았다.

그가 눈을 떴다.

"몇 시야?"

"자정."

"날씨는 어때?"

"모르겠어……."

그는 자리에서 일어났다. 그러고는 기지개를 켜며 창가로 느릿느릿 걸어갔다.

"그렇게 춥지는 않겠네. 바람이 어느 쪽에서 부는 거야?"

"내가 그걸 어떻게 알겠어……."

그는 창밖으로 몸을 쑥 내밀었다.

"남풍이네. 아주 좋아. 적어도 브라질까지는 순조롭겠어."

그는 달을 올려다보았다. 부자가 된 것 같았다. 그의 눈길이 도시로 내려가 닿았다.

그는 이 도시가 아늑하지도, 반짝이지도, 따뜻하지도 않다고 느꼈다. 그는 이미 도시의 불빛들이 모래알처럼 덧없이 흩어지는 광경을 보고 있었다.

"무슨 생각해?"

그는 '포르투알레그리 쪽에는 안개가 끼었겠구나' 생각하고 있었다.

'나한텐 다 전략이 있지. 어느 쪽으로 돌아가야 할지 알고 있거든.'

그는 여전히 창밖으로 몸을 내밀고 있었다. 알몸으로 바다에 뛰어들려는 사람처럼 숨을 깊이 들이마셨다.

"당신은 울적해 보이지도 않네…… 이번엔 며칠이나 걸리는 거야?"

여드레, 아니면 열흘. 그도 알 수 없었다. 울적하다니. 아니, 왜? 그 들판이며 도시며 산이며…… 그런 것들을 정복하고자 자유로이 떠나는 기분이었다. 그리고 1시간 안에 부에노스아이레스를 손에 넣었다가 다시 내놓게 될 거라는 생각도 했다.

그는 미소 지었다.

'이 도시에서…… 난 눈 깜짝할 사이에 멀어지겠지. 밤에 떠나는 건 정말 멋진 일이야. 남쪽을 보면서 스로틀 레버*를 잡아당기는데, 10초만 지나면 풍경이 완전히 뒤바뀌고 어느새 북쪽을

---

* 비행기 엔진 추력을 조절하는 장치.

향하고 있으니. 도시는 저 깊은 바다 밑바닥처럼 보일 뿐이지.'

그녀는 남편이 정복하기 위해 버려야 하는 것들을 생각해 보았다.

"당신은 집이 싫어?"

"집 좋지……."

하지만 아내는 남편이 이미 집을 떠나 비행 중이라는 걸 알았다. 그 넓은 어깨는 벌써 하늘을 떠받치고 있었다.

그녀는 하늘을 가리키며 남편에게 말했다.

"날씨가 좋네, 자기 가는 길에 별이 쫙 깔렸어."

그가 웃었다.

"그러네."

그녀는 그 어깨에 손을 얹었다. 온기가 느껴져 가슴이 뭉클했다. 이 따뜻한 육체가 위협을 받는다는 거야……?

"당신은 강한 사람이지만, 그래도 조심해야 해!"

"조심해야지, 당연히……."

그가 또 웃었다.

그는 옷을 입었다. 이번 축제를 위해 그는 가장 빳빳한 천과 가장 무거운 가죽으로 된 옷을 골랐다. 마치 농부 같은 차림이었다. 그의 옷차림이 두툼해질수록 아내는 그의 모습에 더 감탄했다. 그녀는 직접 나서 남편의 허리띠 버클을 채우고 부츠를 잡아

당겨 주었다.

“이 부츠는 불편한데.”

“여기 다른 부츠 있네.”

“비상 램프에 달게 끈 하나만 찾아 줘.”

그녀는 남편을 바라보았다. 그녀는 남편의 갑옷에서 마지막으로 손볼 부분들을 손수 매만졌다. 모든 게 제대로 갖춰졌다.

“당신 진짜 멋져.”

남편이 머리를 정성스레 빗는 모습이 눈에 들어왔다.

“별들한테 잘 보이려는 거야?”

“나이 먹은 거 느끼기 싫어서.”

“질투 나네……”

그는 또 웃더니 아내에게 키스하고 두툼한 옷 위로 그녀를 꼭 안았다. 그런 다음 어린 여자아이를 들어 올리듯 팔을 쭉 뻗어 아내를 번쩍 안아 들고는 여전히 웃으면서 그녀를 침대에 눕혔다.

“더 자!”

그리고 문을 닫고 거리로 나와, 이름도 알 수 없는 밤의 군중 사이에서 정복을 향한 첫발을 내디뎠다.

그녀는 그 자리에 덩그러니 남아 있었다. 남편에게는 그저 바다 밑바닥에 지나지 않을 그 꽃들, 그 책들, 그 아늑함을 슬픈 눈으로 바라보았다.

11

리비에르가 그를 맞았다.

"자네, 지난번 비행은 좀 서툴렀어. 날씨가 좋았는데도 되돌아 왔잖아. 그대로 갈 수도 있었는데. 겁이 났던 건가?"

놀란 조종사는 잠자코 있었다. 그는 두 손을 천천히 마주 비볐다. 그러더니 고개를 들어 리비에르를 똑바로 바라보며 말했다.

"네."

리비에르는 이 용감한 젊은이가 두려움에 떨었다는 사실에 마음 깊이 연민을 느꼈다. 조종사는 변명을 하려고 했다.

"아무것도 안 보였습니다. 물론, 좀 더 가면…… 어쩌면…… 무전국에서 말한 대로…… 하지만 기내 불빛이 너무 약해서 제 손도 제대로 보이지 않았습니다. 날개라도 보려고 현등을 켜고 싶었는데, 정말 아무것도 안 보였습니다. 엄청 큰 구덩이에 깊이 빠져서 다시 올라오기 힘들 것 같은 기분이었습니다. 그때 엔진이 진동하기 시작했고요."

"아니야."

"아니라는 말씀이십니까?"

"그래, 아니야. 나중에 점검해 봤어. 엔진은 멀쩡했다고. 겁을 먹으면 항상 엔진이 진동하는 것처럼 느껴지지."

"누구라도 겁먹었을 겁니다! 주위 산들이 절 압도하고 있었습니다. 고도를 올리려고 할 때 엄청 센 난기류를 만났고요. 아시겠지만 아무것도 안 보일 때…… 소용돌이라니…… 올라가기는커녕 100미터나 곤두박질쳤습니다. 자이로스코프도 안 보이고, 기압계도 더는 안 보이고. 엔진 회전수가 떨어지는 것 같더니, 엔진이 뜨거워지고 유압도 내려가는 것 같았어요……. 모든 게 어둠 속에 있었어요. 깊은 병에라도 걸린 것처럼요. 불 켜진 도시를 다시 보고는 얼마나 기뻤는지 몰라요."

"자넨 상상력이 너무 풍부하다니까. 그만 가 봐."

조종사가 밖으로 나갔다.

리비에르는 안락의자에 몸을 파묻고 앉아 회색 머리칼을 손으로 쓸어 넘겼다.

‘우리 직원들 중에 제일 용감한 친구야. 그날 밤 무사히 돌아온 건 정말 잘한 일이고. 하지만 저 친구가 두려움에서 벗어나게 해 줘야 할 텐데…….’

그러자 마음이 약해지려 했다. 그는 다시 생각했다.

‘사랑받고 싶다면, 동정심을 보여 주기만 하면 돼. 나는 동정이란 걸 거의 하지 않거나, 동정하는 걸 숨기지만. 하지만 나도 인간적인 온기나 우정이 날 감싸 주길 바랄 때도 있어. 의사는 일을 하다 보면 그런 걸 느끼겠지. 하지만 난 사람이 아니라 일을 다루니까. 직원들이 무슨 일에든 잘 대처할 수 있게 내가 단련시켜야 해. 저녁에 사무실에서 비행 일지를 앞에 두고 있으면 이 알 수 없는 법칙이 아주 분명하게 느껴지지. 내가 그냥 마음을 놓고 있으면, 그리고 일이 정해진 대로 흘러가게 내버려 두면, 이상하게도 사건이 꼭 터진다니까. 마치 내 의지만 있으면 비행기가 비행 중에 부서지지 않게 막을 수 있고, 또 폭풍으로 우편기가 지연되지 않게 막을 수 있다는 듯이 말이야. 가끔은 나도 내 힘이 놀라워.’

그는 다시금 생각했다.

‘어쩌면 간단히 이해할 수 있는 일인지도 몰라. 정원사가 잔디 위에서 끊임없이 싸우는 것과 마찬가지일 테지. 그 손으로 땅을 묵직하게 누르는 것만으로도 자꾸 자라나려는 원시림을 땅속으

로 쫓아 보내니까.'

그는 조종사를 생각했다.

'내가 그 친구를 두려움에서 구해 주는 거야. 내가 책망한 건 그 사람이 아니야. 그 사람을 통해서, 미지의 것 앞에서 사람들을 주눅 들게 하는 그 방해물을 책망한 거지. 만약 그 친구가 하는 말을 잘 들어 주고, 동정도 하고, 그가 겪은 모험을 진지하게 받아들인다면, 그 친구는 자기가 신비의 세계에서 돌아왔다고 생각하겠지. 사람들이 두려워하는 건 단지 신비로움일 뿐이야. 그러니 사람들을 그 어두운 우물 속으로 내려가게 해야 해. 그리고 다시 올라와서 거기서 아무것도 만나지 않았다고 말하도록 해야 해. 저 친구도 밤의 가장 안쪽까지, 그 깊숙한 곳까지 내려가야 해. 손이나 비행기 날개밖에 비추지 못하는 조그만 광부용 램프조차 없이, 미지의 세계를 넓은 어깨로 밀치고 나와야 하는 거야.'

하지만 이 전투 속에서, 리비에르와 그의 조종사들은 말 없는 동지애로 마음 깊이 결속되어 있었다. 그들은 한배를 탔고, 승리하겠다는 열망도 같았다. 그러나 리비에르는 밤을 정복하려고 치렀던 다른 전투들을 기억하고 있었다.

정부 측에서는 이 어둠의 영역을 탐험해 보지 않은 오지인 양 두려워했다. 폭풍우와 안개, 그리고 밤이 감추고 있는 온갖 물리적 장애물들을 향해 시속 200킬로미터로 우편기를 띄운다는 것은 군사 비행에서나 허락할 만한 모험으로 여겼다. 군사 비행이라고 해도 날씨가 맑은 밤에 출발해서 폭탄을 떨어뜨리고 다시 기지로 돌아오는 것이었다. 그러니 정기적으로, 그것도 밤에 비행기를 운항한다면 당연히 실패하리라 여긴 것이다. 리비에르는 이렇게 응수했었다.

"우리에겐 생사가 걸린 문제입니다. 비행기가 낮에 기차나 선박보다 기껏 앞섰던 걸 밤마다 까먹어 버리니까요."

리비에르는 손익이니 보험이니 특히 여론이니 하는 이야기들을 지루하게 듣고 있다가, "여론이라…… 그거야 우리가 움직일 수 있습니다!"라고 대꾸했다. 그는 생각했다.

'이게 무슨 시간 낭비야. 무언가가…… 이 모든 것보다 중요한 무언가가 있는데 말이야. 살아 있는 것은 살아남기 위해 모든 것을 뒤엎어 바꿔 버리고, 살아남기 위해 자기만의 법칙을 만들어 내지. 그건 막을 수 없어.'

상업 항공이 언제 어떻게 야간 비행에 손을 댈지 리비에르는 알 수 없었지만, 그 피할 수 없는 문제에 대한 해결책을 준비해야 했다.

그는 초록색 회의 탁자 앞에 주먹으로 턱을 괴고 앉아 이상하게 뭔가 기운이 숏는 것을 느끼면서 수많은 반대 의견을 들었던 그때의 기억을 떠올렸다. 모든 반박이 그에게는 부질없게 들렸고, 생명의 법칙이 그 의견들에 이미 패배 선고를 내린 것처럼 느껴졌다. 그리고 그는 자신의 힘이 하나의 추처럼 몸 안에 모이는 것을 느꼈다.

'내 논리는 설득력이 있어. 내가 승리할 거야. 일은 옳은 방향으로 흘러가게 되어 있다.' 리비에르는 생각했다.

모든 위험을 피할 수 있는 완벽한 해결책을 내놓으라고 사람들이 요구할 때마다, 그는 대답했다.

"법칙은 경험에서 나옵니다. 법칙을 잘 안다고 해서 경험을 이길 수는 없지요."

1년 동안 지난한 투쟁을 벌인 끝에 리비에르는 결국 승리했다. 어떤 이들은 '그의 신념 덕분'이라고 말했고, 다른 이들은 '곰처럼 밀고 나가는 힘과 끈기' 덕분이라고 말했다. 하지만 리비에르는 그저 자신이 옳은 방향으로 나아갔기 때문이라고 말했다.

그래도 초기에는 얼마나 주의를 기울였던가! 비행기는 해 뜨기 1시간 전이 되어야만 이륙했고, 해가 진 뒤 1시간 안에 반드시 착륙했다. 리비에르는 경험을 쌓아 확신이 선 다음에야 우편기를 깊은 밤 속으로 대담하게 밀어 넣었다. 따르는 이도 별로 없고 거의 비난만 받는 가운데, 그는 이제 고독한 투쟁을 시작하게 된 것이었다.

리비에르는 비행 중인 우편기들이 보낸 최신 소식을 알아보려고 내선 벨을 누른다.

12

그동안, 파타고니아선 우편기는 폭풍우에 점차 다가가고 있었다. 파비앵은 폭풍우를 우회하려던 생각을 접었다. 폭풍우가 너무 넓게 퍼져 있다고 생각했다. 번쩍거리는 번개 줄기가 내륙 깊숙이 뻗어 나가면서 요새 같은 구름을 드러냈기 때문이다. 폭풍우 아래로 지나갈 수 있는지 시도해 보고, 뜻대로 안 되면 되돌아갈 생각이었다.

고도를 확인했다. 1700미터. 고도를 낮추려고 양 손바닥에 힘을 주어 조종간을 눌렀다. 엔진이 엄청나게 진동하더니 비행기가 흔들렸다. 파비앵은 어림잡아 하강 각도를 조절하고는 지도에서 언덕 높이를 확인했다. 500미터. 안전거리를 두기 위해 고도 700미터로 비행하기로 했다.

그는 큰돈을 걸고 도박하는 심정으로 고도를 확 낮추었다.

난기류에 휘말리는 바람에 기체가 한층 더 거칠게 요동쳤다. 파비앵은 눈에 보이지 않는 무언가가 무너져 내리며 자신을 위협하는 것 같았다. 그는 되돌아가 무수히 많은 별을 다시 만나는 장면을 상상했지만, 한 치도 방향을 틀지는 않았다.

파비앵은 가능성을 계산해 보았다. 아마도 이건 국지적인 뇌우일 것이다. 다음 기항지인 트렐레우*에서 하늘의 4분의 3 정도가 구름으로 덮여 있다고 알려 왔으니까. 시커먼 콘크리트 같은 이 어둠 속에서 20분만 버티면 된다. 그럼에도 조종사는 불안했다. 강풍에 맞서 왼쪽으로 몸을 기울인 그는, 더할 수 없이 깜깜한 밤에도 여전히 떠돌고 있는 저 희미한 빛이 무엇인지 알아내려고 애썼다. 하지만 이제 그 빛조차 보이지 않았다. 짙은 어둠 속에서 어둠의 정도가 살짝 달랐거나, 아니면 눈이 피로해서 헛것을 본 걸지도.

그는 무선사가 건네는 쪽지를 펼쳤다.

'여기가 어디입니까?'

---

* 아르헨티나 남부 파타고니아 지역의 도시.

어딘지 알 수만 있다면 파비앵은 뭐든지 했을 것이다. 그는 답했다.

‘저도 모릅니다. 그저 나침반에 의지해서 폭풍우를 통과하는 중입니다.’

그는 다시 몸을 기울였다. 배기구에서 나오는 불꽃 때문에 불편했다. 그것은 마치 불로 만든 꽃다발처럼 엔진에 매달려 있었다. 너무 희미해서 달빛만 있었어도 묻혀 버렸을 정도였지만, 이렇게 공허한 어둠 속에서는 그 불꽃이 눈에 보이는 세상을 모두 빨아들이고 있었다. 그는 그 불꽃을 바라보았다. 바람에 이리저리 나부끼며 타오르는 모습이 마치 횃불 같았다.

30초마다 자이로스코프와 나침반을 확인하느라 파비앵은 조종석 안쪽 계기판으로 머리를 들이밀었다. 희미한 붉은색 램프는 차마 켜지 못했다. 그 불을 켜면 한참 동안 눈이 부셨기 때문이다. 하지만 라듐으로 숫자가 표시된 계기들이 모두 옅은 별빛처럼 빛나고 있었다. 그곳, 계기판 바늘들과 숫자들 속에서, 조종사는 안전하다는 착각이 들었다. 파도가 넘실대는 바다에서 선실 안에 있을 때 느끼는 안정감 같은 것이었다. 밤이, 그리고 밤이 싣고 다니는 모든 것들, 바위며 표류물이며 언덕 같은 것들이 하나같이 놀랄만한 위험과 숙명을 안고 비행기를 향해 흘러오고 있었다.

'여기가 어디입니까?'

무선사가 다시 물었다.

파비앵은 다시 고개를 들고 왼쪽으로 몸을 기울인 채 또다시 끔찍한 경계 근무를 시작했다. 대체 얼마나 시간을 들이고 얼마나 노력을 해야 이 어두운 굴레에서 빠져나갈 수 있을지 알 수 없었다. 빠져나갈 수는 있는지조차 의심스러웠다. 그는 작은 종잇조각 하나에 목숨을 걸고 있었다. 희망을 품어 보려고 수천 번 펼쳐 읽어 본, 때가 묻고 꼬깃꼬깃 구겨진 종이에는 이렇게 적혀 있었다.

'트렐레우: 하늘의 4분의 3이 구름, 약한 서풍.'

트렐레우 하늘의 4분의 3이 구름으로 덮여 있다면, 구름 사이로 그곳 불빛이 보일 것이다. 하지만 그게 아니라면……

저 멀리에 희미한 불빛이 약속되어 있었기에, 조종사는 비행을 계속했다. 그래도 의심이 들어 무선사에게 메모를 휘갈겨 건

넸다.

'빠져나갈 수 있을지 모르겠습니다. 뒤쪽 날씨는 여전히 괜찮은지 알려주십시오.'

무선사의 대답에 그는 낙담했다.

'코모도로*에서 알림: 이곳으로 회항 불가. 폭풍우.'

그는 이 기이한 폭풍우 공세가 안데스산맥에서 바다를 향해 덮쳐 가는 것임을 짐작했다. 태풍은 그가 닿기도 전에 도시들을 휩쓸어 버릴 것이다.

'산안토니오 날씨 좀 물어봐 주십시오.'

'산안토니오에서 답이 왔습니다. 서풍이 불고, 서쪽에 폭풍우. 하늘 전체가 구름으로 뒤덮였다고 합니다. 잡음 때문에 산안토니오 쪽에서 소리가 잘 안 들린답니다. 저도 잘 안 들립니다. 방

---

* 정식 명칭은 코모도로 리바다비아로, 아르헨티나 남부 파타고니아의 추부트 주의 도시.

90

전 때문에 곧 안테나를 거둬들여야 할 것 같은데. 회항하실 겁니까? 어떡하실 겁니까?'

'질문 그만하고, 바이아블랑카 날씨나 좀 알아봐 주십시오.'

'바이아블랑카 응답: 서쪽에서 몰려오는 강한 뇌우가 20분 안에 바이아블랑카를 덮칠 것으로 보임.'

'트렐레우 날씨를 알아봐 주십시오.'

'트렐레우 응답: 서쪽에서 초속 30미터로 태풍 불어옴. 비를 동반한 돌풍.'

'부에노스아이레스에 이렇게 보고 바랍니다. '사방이 꽉 막혔음. 1000킬로미터에 걸쳐 폭풍이 발생해 아무것도 보이지 않음. 어떻게 해야 할지 알려주기 바람.''

조종사에게 이 밤은 어디로도 갈 수 없는, 끝없이 펼쳐진 밤이었다. 정박할 곳 없는 배처럼, 밤은 비행기를 항구로 데려다 주지 않았다. 항구들은 모두 닿을 수 없는 것처럼 보였다. 그렇다고 새벽으로 데려다 줄 수도 없었다. 연료는 1시간 40분 후면 바닥날 터였다. 조만간 이 두꺼운 어둠 속에서 앞도 보지 못하고 흘러 다녀야 할 판이었다.

날이 밝을 때까지 버틸 수 있다면…….

파비앵에게는 새벽이 황금빛 모래 해변처럼 느껴졌다. 혹독한 밤을 보낸 배가 좌초해 다다르게 될 그런 해변. 위협을 견뎌낸 비행기 아래로는 해안 같은 들판이 펼쳐질 것이다. 평온한 대지는 잠든 농가와 가축 떼와 언덕을 품고 있을 것이다. 어둠 속을 떠다니는 표류물들도 더는 위험하지 않을 것이다. 할 수만 있다면, 그는 새벽을 향해 헤엄이라도 칠 것이다!

그는 포위당했다고 생각했다. 어쨌든 이 깊은 어둠 속에서, 좋은 쪽으로든 나쁜 쪽으로든 모든 게 결론이 날 것이다.

그건 사실이다. 가끔씩 그는 새벽이 밝아올 때면 병이 나아 회복기로 들어서는 것 같다고 생각했다.

하지만 해가 떠오를 동쪽을 아무리 뚫어져라 쳐다본들 무슨 소용인가. 파비앵과 해 사이에는 너무도 깊은 밤이 가로놓여 있어 결코 헤어 나올 수 없을 텐데.

13

　"아순시온*에서 오는 우편기는 순항 중이야. 2시쯤 도착하겠
지. 그런데 파타고니아에서 오는 우편기는 난항 중인 듯하니 상
당히 지연될 것 같군."

　"알겠습니다, 본부장님."

　"유럽행 비행기를 출발시키려면 파타고니아선 우편기를 기다
리지 못할 수도 있어. 아순시온 우편기가 도착하는 대로 내게 알
려 주고 지시를 받도록 해. 준비 잘해 두고."

　리비에르는 북쪽에 있는 기항지들에서 보내온 비행 안전 전
보들을 다시 읽고 있었다. 전보들은 유럽행 비행기에 달빛 가득

---

* 파라과이의 수도.

한 길을 열어 주고 있었다.

  —하늘 맑음, 보름달, 바람 없음.

  하늘에서 퍼지는 빛 속에 윤곽을 뚜렷이 드러낸 브라질의 산들은, 새까만 숲의 촘촘한 머리칼을 은빛 바다 물결 속에 수직으로 담그고 있었다. 달빛은 숲은 물들이지 않으면서도 숲 위로 지치지도 않고 쏟아져 내렸다. 바다 위를 떠다니는 난파선의 잔해처럼, 섬들도 시커멓게 보였다. 그리고 달빛은 마르지 않는 빛의 샘처럼 항로 전체를 비추고 있었다.

  리비에르가 출발 명령을 내리면, 유럽행 우편기 승무원들은 밤새도록 은은하게 빛나는 안정된 세계로 들어가게 될 것이다. 그 무엇도 빛과 그림자의 균형을 위협하지 않는 세계로. 부드럽게 스치는 맑은 바람결조차 스며들지 않는 세계로. 하지만 바람이 한 번 일면 몇 시간 안에 온 하늘을 엉망으로 만들 수도 있다.

  그러나 리비에르는 이 달빛 앞에서, 마치 채굴이 금지된 금광 앞에 선 탐광가처럼 망설이고 있었다. 남쪽에서 일어나는 일은 야간 비행을 옹호하는 유일한 사람인 리비에르에게 불리했다. 리비에르에게 반대하는 사람들은 파타고니아에서의 사고를 빌미로 아주 유리한 입장에 서게 될 것이고, 이제 리비에르의 신념은 무력해질지도 모를 일이었다. 그러나 리비에르의 신념은 흔들리지 않았다. 과업을 수행하는 중에 발생한 작은 결함 하나 때문에 비극이 일어났지만, 비극은 단지 그 결함을 보여 줄 뿐 다른 무언가를 증명해 보이지는 못했다. '어쩌면 서쪽에 관측소가 필요할지도…… 검토해 봐야겠군.' 그는 다시 생각했다. '내가 밀고 나가는 데는 여전히 확고한 이유가 있어. 게다가 사고를 일으킬 수 있는 원인도 하나 줄었지. 이번 사고로 드러났으니까.' 실패는 강한 자를 더 강하게 만든다.

안타깝지만, 사람을 상대로 벌이는 게임에서 사물의 진정한 의미는 거의 고려되지 않는다. 표면적으로 이기거나 지지만, 이긴다고 해도 보잘것없는 점수를 딸 뿐이다. 그런데 지게 되면 실패라는 겉모습에 구속되어 버린다.

리비에르는 내선 벨을 눌렀다.

"바이아블랑카에서는 아직도 무전이 없나?"

"없습니다."

"거기 비행장 전화로 연결해 줘."

5분 뒤, 그는 이렇게 물었다.

"왜 아무 소식도 안 보내 주는 건가?"

"우편기한테서 연락을 받지 못했습니다."

"우편기가 소식을 안 준다는 말인가?"

"모르겠습니다. 폭풍우가 너무 심해서요. 우편기가 신호를 보내도 우리가 듣지 못할 겁니다."

"트렐레우에서는 들린다던가?"

"우리와 트렐레우도 교신이 되지 않습니다."

"그럼 전화를 해 봐."

"시도해 봤지만, 선이 끊겼습니다."

"거기 날씨는 어떤가?"

"나쁩니다. 서쪽과 남쪽에 번개가 치고, 아주 무덥습니다."

"바람은?"

"아직은 약합니다만, 10분 후면 달라질 것 같습니다. 번개가 빠르게 다가오고 있습니다."

침묵.

"바이아블랑카? 들리나? 좋아. 10분 후에 다시 연락 주게."

리비에르는 남쪽 기항지 비행장들에서 보내온 전보들을 훑어보았다. 하나같이 우편기의 침묵을 알리고 있었다. 몇몇 비행장은 부에노스아이레스에 더는 응답하지 않았다. 지도 위에는 연락이 끊긴 지역이 점점 더 넓어지고 있었다. 그 지역 소도시들은 이미 태풍에 휩싸인 상태였다. 모두 문을 닫아걸었고, 불빛 없는 거리의 집들은 저마다 한 척의 배처럼 세상과 단절되어 어둠 속에서 헤매고 있었다. 이들을 구할 수 있는 것은 오직 새벽뿐이었다.

하지만 리비에르는 지도를 들여다보며, 피난처가 되어 줄 맑은 하늘이 어딘가에 있으리라는 희망을 여전히 품고 있었다. 서른 곳이 넘는 지방 경찰서에 하늘 상태를 묻는 전보를 쳐 두었고, 답신이 오기 시작했기 때문이다. 2000킬로미터에 걸쳐 있는 모든 무전국은 어느 곳이든 우편기의 신호를 잡으면 30초 안에 부에노스아이레스에 통보하도록 지시를 받은 상태였다. 그러면 부에노스아이레스에서는 그 무전국에 비행기가 대피할 만한 곳의 위치를 알려, 파비앵에게 전달할 계획이었다.

새벽 1시에 호출을 받은 직원들은 이제 각자의 자리로 돌아와 있었다. 그들은 어쩌면 야간 비행이 중단될 수 있다는 이야기, 유럽행 우편기마저도 날이 밝을 때만 이륙하게 될 수도 있다는 이야기 등을 비밀스레 주고받았다. 그리고 파비앵과 태풍, 특히 리비에르에 대해 낮은 목소리로 수군거렸다. 직원들은 이렇게 자연이 도와주지 않으니 리비에르는 자신들의 눈앞에서 서서히 무너지리라 짐작했다.

모든 소리가 한 번에 사라졌다. 리비에르가 자기 방문 앞에 나타났기 때문이다. 외투를 꼭 여미고 언제나처럼 모자를 눈 위까지 눌러 쓴 모습은 영원한 방랑자 같았다. 그는 사무장 쪽으로 조용히 걸음을 옮겼다.

"1시 10분인데, 유럽행 우편기 서류는 다 준비됐고?"

"저…… 제 생각엔……."

"자네가 할 일은 생각하는 게 아니라 실행하는 거야."

그는 뒷짐을 진 채 창문이 열린 쪽으로 천천히 돌아섰다.

직원 한 사람이 그에게 다가갔다.

"본부장님, 답신을 거의 받지 못할 것 같습니다. 내륙에서도 이미 전화선이 많이 끊겼다고 보고가 들어왔습니다……."

"알았어."

리비에르는 꼼짝하지 않고 밤을 응시했다.

이처럼, 들어오는 보고마다 파비앵의 우편기를 위협하고 있었다. 전화선이 끊기기 전에 응답할 수 있었던 도시들은 모두, 적군의 전진을 알리듯 태풍의 전진을 알려 왔다.

'태풍이 내륙 지방, 안데스산맥에서 다가오고 있음. 모든 항로를 휩쓸면서 바다를 향해…….'

리비에르는 별들이 너무 환히 반짝이고 또 공기는 너무 습하다고 생각했다. 정말이지 이상한 밤이다! 윤기 나는 과일의 속살

이 썩어 들어가듯, 빛나던 밤이 갑자기 군데군데 썩어 들어가고 있었다. 부에노스아이레스의 하늘은 여전히 반짝이는 별들로 가득했지만, 그것은 한순간의 오아시스일 뿐이었다. 게다가 파타고니아선 우편기 승무원들에게는 닿을 수 없는 항구였다. 나쁜 바람이 건드려 썩게 만드는, 불길한 밤. 정복하기 어려운 밤.

이 깊은 어둠 속 어딘가에서, 비행기 한 대가 위험에 처해 있었다. 지상에서는 사람들이 아무런 도움도 주지 못한 채 불안해하고만 있었다.

14

파비앵의 아내가 전화를 걸었다.

남편이 돌아오는 날 밤이면, 그녀는 파타고니아선 우편기가 어디쯤 있을지 가늠해 보곤 했다.

'지금쯤 트렐레우에서 이륙하겠네…….'

그러고는 다시 잠이 들었다. 조금 뒤에 '산안토니오 가까이 왔을 거야. 그곳 불빛을 보고 있겠지……'라고 생각했다. 그런 다음 일어나 커튼을 젖히고 하늘이 어떤지를 살폈다.

'저 구름들은 방해가 되겠는데…….'

때로는 달이 목동처럼 하늘을 거닐었다. 그러면 이 젊은 여인은 이 달과 별들, 남편을 둘러싸고 있는 이 수많은 존재 덕분에 마음을 놓고 다시 침대로 돌아갔다. 그러다 새벽 1시쯤 되면, 그녀는 남편이 가까이 있는 느낌이 들었다.

'이제는 그리 멀지 않은 곳에 있어. 부에노스아이레스를 보고 있을 거야…….'

그녀는 다시 일어나 남편에게 줄 식사와 뜨거운 커피를 준비했다.

'저 위는 너무 추울 테니까…….'

그녀는 항상 남편이 눈 덮인 산에서 내려온 듯이 맞이했다.

"춥지 않아?"

"전혀!"

"그래도 몸 좀 녹여……."

1시 15분쯤이면 모든 준비가 끝났다. 그러면 그녀는 전화를 걸었다.

여느 날과 마찬가지로 그날 밤도 그녀는 이렇게 물었다.

"파비앵 조종사 착륙했나요?"

전화를 받은 직원이 약간 당황했다.

"누구신가요?"

"시몬 파비앵입니다."

"아! 잠시만요……"

직원은 차마 아무 말도 하지 못하고 사무장에게 수화기를 넘겼다.

“누구십니까?”

“시몬 파비앵이에요.”

“아!⋯⋯ 무슨 일이십니까, 부인?”

“남편이 도착했나요?”

설명하기 어려운 침묵이 이어지더니, 간단한 대답이 나왔다.

“아니요.”

“연착인가요?”

“네⋯⋯.”

또다시 침묵이 흘렀다.

“네⋯⋯ 연착입니다.”

“아⋯⋯!”

상처 입은 육신이 “아!” 하고 부르짖는 소리였다. 연착은 아무것도 아니다⋯⋯ 아무것도 아니고 말고⋯⋯ 하지만 연착이 길어진다면⋯⋯.

“아!⋯⋯ 그럼 여기에 몇 시쯤 도착할까요?”

“여기에 몇 시쯤 도착하느냐고요? 저희도⋯⋯ 저희도 잘 모르겠습니다.”

그녀는 이제 벽에 부딪혔다. 그녀는 자신이 던진 질문을 메아리로 듣고 있을 뿐이었다.

“제발요, 대답해 주세요! 그럼 제 남편이 지금 어디쯤 있는 거죠?"

"어디 있느냐고요? 잠시만요……."

이런 무기력한 반응에 그녀는 괴로웠다. 저기, 저 벽 뒤에서 분명 무슨 일이 일어나고 있었다.

상대방이 대답을 하기로 결심했다.

"파비앵 조종사는 19시 30분에 코모도로를 이륙했습니다."

"그다음엔요?"

"그다음에요?…… 상당히 연착되어서…… 날씨가 나빠서 상당히 연착……."

"아! 날씨가 나빠서……."

저기, 부에노스아이레스 위에 한가로이 떠 있는 저 달은 얼마나 불공평하고, 또 얼마나 교활한지! 젊은 여인은 코모도로에서 트렐레우까지 날아가는 데 겨우 2시간밖에 걸리지 않는다는 사실이 갑자기 생각났다.

"그럼 그이는 트렐레우를 향해서 6시간 동안 비행하고 있다는 거잖아요! 그래도 소식은 보내오겠죠! 뭐라던가요?"

"뭐라고 했느냐고요? 이런 날씨엔 당연히…… 잘 아시겠지만…… 교신이 잘 되지 않아서요."

"이런 날씨라니요!"

"그러면 부인, 이렇게 하시죠. 저희가 무슨 소식이라도 알게 되면 부인께 곧바로 전화를 드리겠습니다."

"아! 그럼 아무것도 모른다는 말씀이네요……."

"그럼 끊겠습니다, 부인……."

"아니요! 끊지 마세요! 본부장님과 통화할게요!"

"본부장님이 너무 바쁘셔서요, 부인. 지금 회의 중이라……."

"아! 상관없어요! 그건 저랑 상관없고요! 통화하게 해 주세요!"

사무장은 땀을 닦았다.

"잠시만 기다려 주세요……."

그는 리비에르의 사무실 문을 밀었다.

"파비앵 부인이 본부장님과 통화하고 싶답니다."

'결국, 우려하던 일이 터졌군.' 리비에르는 생각했다. 드라마의 감정적인 요소들이 드러나기 시작한 것이다. 처음에는 감정적인 것들은 상대하지 않을 생각이었다. 원래 어머니와 아내는 수술실에 들어가는 게 아니다. 배가 위험에 처했을 때는 감정을 억눌러야 하는 법이다. 감정은 사람을 구하는 데 도움이 되지 않는다. 하지만 그는 받아들이기로 했다.

"내 방으로 연결해 줘."

수화기 저 너머에서 들려오는, 작고 떨리는 목소리를 듣는 순간, 리비에르는 그녀에게 대답할 수 없으리라는 걸 깨달았다. 서로 부딪쳐 봤자 두 사람 모두에게 의미 없는 일이었다.

"부인, 진정하세요! 우리 일에서는 소식이 오길 오랫동안 기다리는 게 흔한 일입니다."

그는 이제 개인적이고 사소한 고통의 문제가 아닌, 행동 자체의 문제가 제기되는 경계에 직면해 있었다. 리비에르 앞에 있는 것은 파비앵의 아내가 아니라, 삶의 또 다른 의미였다. 리비에르는 그 작은 목소리, 지극히 슬프지만 적개심이 담겨 있는 그 소리를 그저 들어 주고 동정하는 것 말고는 할 수 있는 일이 없었다. 행동과 개인의 행복은 양립할 수 없고 서로 충돌하는 것이기 때문이다. 이 여인 또한 하나의 절대적인 세상을 앞세워 자신의 권리와 의무를 이야기하고 있었다. 저녁 식탁 위를 밝히는 전등 불빛의 이름으로, 그녀의 육체를 요구하는 또 다른 육체의 이름으로, 희망과 애정과 추억으로 이루어진 그녀 세상의 이름으로 말이다. 그녀는 자신이 마땅히 누려야 할 행복을 요구했고, 그녀가 옳았다. 그리고 리비에르 역시 옳았다. 하지만 그는 이 여인의 진실에 맞서 내세울 것이 아무것도 없었다. 한 가정의 소박한 전등 불빛에 비춰 보면, 자신의 진실은 설명할 수 없고 비인간적인 것임을 그는 깨달았다.

"부인……."

그녀는 그의 말을 더는 듣고 있지 않았다. 그에게는 그녀가 연

약한 주먹으로 벽을 치다 지쳐서 자신의 발밑에 쓰러져 있는 듯 느껴졌다.

어느 교량 건설 현장 부근에서 부상당한 인부 한 명을 들여다보고 있었을 때, 옆에 있던 기술자 하나가 리비에르에게 이런 말을 했었다.

"이 다리가 한 사람의 얼굴을 저렇게 으스러지게 할 만한 가치가 있을까요?"

이 다리를 이용하게 될 농부들 중에, 다른 다리로 돌아가는 수고를 덜겠다고 사람 얼굴을 이처럼 끔찍하게 훼손해도 된다고 할 사람은 없었을 것이다. 그래도 사람들은 다리를 놓지 않는가. 기술자가 덧붙여 말했었다.

"공공의 이익이란 건 개개인의 이익이 모여 이루어지는 거죠. 개인의 이익 외에는 어떤 것도 공익을 정당화하지 못합니다."

시간이 조금 흐른 뒤에 리비에르는 기술자에게 이렇게 답했었다.

"하지만 인간의 생명이 값을 매길 수 없을 만큼 가치 있다 해도, 우리는 항상 인간의 생명보다 값진 무언가가 있는 것처럼 행동하지요……. 그럼 그건 뭘까요?"

우편기에 탄 승무원들을 생각하니 리비에르는 가슴이 저려

왔다. 행동이라는 건, 다리를 건설하는 행동조차도 인간의 행복을 깨뜨린다. 리비에르는 '무엇의 이름으로' 행동하는 것인지 자신에게 묻지 않을 수 없었다. 그는 생각했다.

'어쩌면 죽을지도 모르는 그 친구들, 행복하게 살 수도 있었을 텐데.'

저녁을 밝히는 불빛의 황금빛 성역 안에서 고개를 기울이고 있는 그들의 얼굴이 눈앞에 아른거렸다.

'도대체 무엇의 이름으로 내가 그들을 그곳에서 끌어낸 것인가?'

도대체 무엇의 이름으로 그는 그들에게서 개인의 행복을 빼앗은 것인가? 가장 중요한 원칙은 그들의 행복을 보호하는 것 아니었나? 그런데 그 자신이 그 행복을 깨뜨리고 있다. 하지만 황금빛 성역은 언젠가 신기루처럼 사라져 버릴 것이 분명하다. 늙음, 그리고 죽음은 리비에르 자신보다 더 무자비하게 그 성역을 파괴한다. 어쩌면 더 영속적인 무언가가, 구해야 할 무언가가 존재할지도 모른다. 리비에르가 일하는 이유는 아마도 인간의 그 같은 면을 구해 내기 위해서가 아닐까? 그렇지 않다면 행동은 정당화될 수 없다.

'사랑하는 것, 오직 사랑하기만 하는 것. 그건 정말 막다른 골

목이나 마찬가지다!'

리비에르는 사랑해야 할 의무보다 더 큰 의무가 있음을 어렴풋이 느꼈다. 그것 또한 하나의 애정으로 볼 수도 있겠지만, 여느 애정과는 매우 달랐다. 어느 구절 하나가 떠올랐다.

'영원하도록 만드는 게 중요하다.'

그는 어디서 이 구절을 읽었을까?

'그대가 그대 자신 안에서 추구하는 것은 소멸하게 되어 있다.'

그는 고대 페루 잉카족의 태양신 신전을 떠올렸다. 산 위에 곧게 서 있는 그 돌들을. 그 돌들이 없었다면, 오늘날의 인간을 마치 회한처럼 그 돌들의 무게로 내리누르는 그 강력한 문명에서 무엇이 남았겠는가?

'그 옛날의 지도자는 도대체 어떤 가혹함의 이름으로, 어떤 기이한 사랑의 이름으로, 백성들에게 신전을 산꼭대기로 끌어 올리도록 강요해서 그들의 영원을 세우도록 했을까?'

리비에르는 저녁마다 야외 음악당 주변을 거니는 소도시 사람들의 모습을 다시 떠올렸다.

'그런 종류의 행복, 그런 표면적인……'

그 고대의 지도자는 인간의 고통에는 연민을 느끼지 않았을지 몰라도, 인간의 죽음에 대해서는 깊은 연민을 느꼈을 것이다.

개인의 죽음이 아니라, 바다 같은 모래가 결국 지워 버릴 종(種)의 죽음에 대한 연민이었다. 그래서 그는 사막이 파묻어 버리지 못할 돌들이라도 세우려고 백성들을 산꼭대기로 이끌었을 것이다.

15

두 번 접힌 이 종이쪽지가 어쩌면 그를 구해 줄지 모른다. 파비앵은 이를 악물고 쪽지를 펼쳤다.

'부에노스아이레스와 교신 불가. 손가락에 전기가 올라서 이제 무전기 조작도 못 하겠습니다.'

파비앵은 화가 나서 답장을 쓰려고 했지만, 글씨를 쓰려고 조종간에서 손을 뗀 순간 거센 파도 같은 것이 그의 몸을 파고들었다. 난기류가 5톤짜리 금속 덩어리 안에 있는 그를 번쩍 들어 올려 흔들어 댔다. 그는 답장 쓸 생각을 접었다.
그의 손이 다시 파도를 움켜쥐고 진정시켰다.

파비앵은 숨을 크게 내쉬었다. 무선사가 폭풍 때문에 겁을 먹고 안테나를 거둬들이기라도 한다면, 파비앵은 착륙하자마자 그의 얼굴에 한 방 날릴 생각이었다. 무슨 수를 써서라도 부에노스아이레스와 연락이 닿아야 했다. 1500킬로미터 넘게 떨어진 그곳에서 이 심연 속으로 밧줄이라도 하나 던져 줄 수 있을 것 같았다. 깜박거리는 불빛 하나, 여관 등불 하나도 보이지 않았다. 별 소용은 없겠지만, 그래도 그런 불빛은 등대와 마찬가지로 땅이 있음을 증명해 주었을 것이다. 그에게는 목소리만이라도, 더는 존재하지 않는 세상에서 오는 단 하나의 목소리라도 필요했던 것이다. 조종사는 뒷자리에 앉은 사람에게 이 비극적인 진실을 알리려 주먹을 들어 붉은 불빛에 대고 흔들어 보았지만, 무선사는 불빛 하나 없이 어둠에 파묻힌 황량한 공간을 내려다보느라 이를 알아채지 못했다.

파비앵은 누군가의 조언이 귓가에 들리기만 한다면, 그게 무엇이든 따를 작정이었다.

'누가 나한테 원을 그리면서 돌라고 하면, 그렇게 돌 거야. 정남향으로 날아가라고 하면…….'

어딘가에는 커다란 달 그늘 아래 평화롭고 아늑한 땅이 있을 것이다. 저 아래에 있는 동료들, 학자처럼 박식하고 못 하는 일이 없는 동료들은 꽃처럼 아름다운 전등 불빛이 지켜 주는 가운데 지도를 들여다보며 그곳이 어딘지 알 수 있을 것이다. 하지만 그는 산사태처럼 빠른 속도로 자신을 향해 시커먼 급류를 밀어붙이는 이 밤과 돌풍 외에 무엇을 안단 말인가. 동료들이 구름 속 소용돌이와 불꽃 안에 두 사람을 내버려 둘 수는 없을 것이다. 그럴 수는 없었다. 누군가가 파비앵에게 '기수를 240도 방향으로……'라고 지시한다면, 그는 즉시 기수를 240도로 돌릴 생각이었다. 하지만 그는 혼자였다.

그에게는 물체마저 반항하는 것처럼 느껴졌다. 기체가 아래로 잠겨 들 듯 내려갈 때마다 엔진이 얼마나 강하게 진동하는지, 비행기 전체가 분노한 듯 흔들렸다. 파비앵은 비행기를 제압하려 애쓰고 있었다. 조종석 계기판을 향해 고개를 파묻은 채 자이로스코프 수평선을 바라보고 있었다. 모든 것이 뒤섞인 어둠, 태초의 암흑과 같은 어둠 속에서 길을 잃어, 바깥을 내다봐도 어디가 하늘 덩어리이고 어디가 땅덩어리인지 더는 분간할 수 없었기 때문이다. 위치계 바늘들은 점점 더 빠르게 흔들려 알아보기가 어려워졌다. 계기를 제대로 읽지 못한 조종사는 힘겹게 싸웠지만 고도를 잃고 말았고 암흑 속으로 조금씩 빠져들었다. 그는 고도계를 확인했다.

'500미터.'

언덕 높이와 거의 같았다. 그는 언덕들이 아찔한 파도처럼 그를 향해 몰려오는 것을 느꼈다. 또 대지의 모든 덩어리가, 그중 가장 작은 덩어리에만 부딪혀도 그가 으스러질 것 같은 그런 덩어리가, 지반에서 뿌리째 뽑히듯 풀려나와 그의 주위를 술 취한 듯 빙빙 돌기 시작하는 것 같았다. 그러고는 그의 주위에서 격렬하게 춤을 추며 그를 점점 더 죄어 오는 것 같았다.

그는 결단을 내렸다. 충돌의 위험을 무릅쓰고 어디에든 착륙할 생각이었다. 그래서 언덕이라도 피해 보려고 하나밖에 없는 조명탄을 던졌다. 조명탄은 불이 붙자 빙글빙글 돌더니 어떤 들판을 비추고는 꺼져버렸다. 그곳은 바다였다.

머릿속이 빠르게 돌아갔다.

'다 틀렸어. 40도나 변경해서 비행했는데도 편류(偏流)*하다니. 태풍 때문이야. 대체 육지는 어디 있지?'

그는 정서향으로 진로를 바꾸었다.

'이제 조명탄도 없으니 난 죽었구나.'

언젠가는 일어날 일이었다. 그리고 뒤에 있는 동료는…….

'분명 안테나를 거뒀겠지.'

하지만 조종사는 그를 더는 원망하지 않았다. 자신이 두 손을 놓기만 하면, 두 사람의 목숨은 한낱 먼지처럼 금세 흩어져 버릴

---

* 비행기가 비행 중 바람에 의해 항로에서 벗어나는 것.

것이다. 그의 양손에 동료와 자신의 펄떡이는 심장이 쥐어져 있었다. 그는 자신의 두 손이 갑자기 두려워졌다.

거대한 무기로 내리치는 듯한 소용돌이 속에서, 그는 있는 힘을 다해 조종간을 움켜잡았다. 덜덜 떨리는 핸들을 그대로 두면 그 진동 때문에 조종간의 전선이 다 끊어질 지경이었다. 그는 여전히 조종간을 꽉 잡고 있었지만, 힘을 너무 주어선지 이제는 손에 아무런 감각이 없었다. 무슨 반응이라도 있을까 싶어 손가락을 움직여 보았다. 그러나 손이 말을 듣는 건지 안 듣는 건지도 알 수 없었다. 팔 끝에 뭔가 낯선 것이 달려 있는 기분이었다. 감각도 없는 물컹물컹한 풍선 같았다. 그는 생각했다. '

내가 조종간을 꽉 잡고 있는 거라고 상상하자……'

그런 생각이 손에까지 전달되는지는 알 수 없었다. 오직 어깨가 아픈 걸로만 조종간이 떨리고 있음을 알아차릴 수 있었다.

'핸들이 빠져나갈 것 같은데. 이러다 손이 풀리겠어……'

그는 그런 생각을 했다는 것만으로도 겁이 났다. 양손이 상상의 어두운 힘에 이끌려 천천히 풀리고는 그를 어둠 속에 놓아 버릴 것 같았기 때문이다.

그는 더 싸울 수 있고 자신의 운을 시험해 볼 수 있을 것 같았다. 외부에서 결정되는 운명이란 없으니까. 하지만 내면에서 결정되는 운명은 있다. 사람에겐 자신이 나약하다고 깨닫는 순간이 온다. 그때 온갖 실수가 어지럽게 덮쳐 오는 것이다.

바로 그 순간, 폭풍의 틈새를 뚫고 나온 별 몇 개가 그의 머리 위에서 반짝였다. 덫 안에 놓인 치명적인 미끼처럼.

그는 그것이 함정이라 판단했다. 구멍 속에 있는 별 세 개를 보고 그 별들을 향해 올라가고 나면, 다시 내려올 수 없어서 그곳에 머무르며 별을 붙잡고 늘어지게 되는 함정…….

하지만 빛이 너무도 고팠던 그는 결국 올라가고 말았다.

16

별들이 길잡이가 되어 준 덕에 파비앵은 난기류를 잘 피하며 올라갔다. 희미한 별빛이 그를 부드럽게 끌어당겼다. 그는 너무 오랫동안 빛을 좇아 헤맨 터라, 아무리 희미한 빛이라도 놓치고 싶지 않았다. 여관의 어렴풋한 불빛 하나에도 부자가 된 듯 마음이 풍요로워지는 그는, 자신이 갈망하던 이 빛의 신호 주변에서 죽을 때까지 맴돌아도 좋다고 생각했다. 그리고 드디어 그는 빛의 들판을 향해 올라가고 있었다.

그는 활짝 열린 우물 속으로 나선형을 그리며 조금씩 올라갔고, 그가 지나간 바로 아래에서 우물은 다시 닫혔다. 그가 위로 올라갈수록 구름은 그 어두운 앙금을 떨어내고 점점 더 순결하고 하얀 파도가 되어 그를 스쳐 지나갔다. 파비앵이 마침내 솟아올랐다.

그는 더할 수 없이 놀랐다. 너무 밝아 눈이 부실 정도였다. 몇 초 동안 눈을 감고 있어야 했다. 밤에 구름이 눈부실 정도로 밝으리라고는 생각해 본 적 없었다. 그런데 보름달과 모든 별자리가 구름을 환히 빛나는 파도로 바꾸어 놓은 것이다.

파비앵이 솟아오른 순간, 비행기는 단번에 놀라울 정도로 평온을 찾았다. 비행기를 기울게 만드는 파도 하나 없었다. 배가 방파제를 넘어가듯, 그는 고요한 물속으로 들어갔다. 평화로운 섬들로 이루어진 만과도 같은, 숨겨져 있던 미지의 하늘 한 부분에 들어선 것이다. 그의 아래로는 돌풍과 폭우와 번개를 동반한 폭풍이 3000미터 두께로 또 다른 세상을 이루고 있었지만, 별들을 향해서는 폭풍도 수정처럼 맑고 눈처럼 깨끗한 얼굴을 보여 주고 있었다.

파비앵은 자신이 두 세상 사이의 기묘한 경계에 도달했다고 생각했다. 그의 손, 그의 옷, 비행기 날개까지 모든 것이 빛나고 있었기 때문이다. 그 빛은 별들에게서 내려오는 것이 아니라, 그의 아래쪽과 그의 주위에 하얗게 펼쳐진 구름들에서 퍼져 나오고 있었다.

그의 아래에 있는 구름들은 달이 보내 주는, 눈처럼 하얀빛을 반사하고 있었다. 좌우 양쪽에 탑처럼 높이 솟은 구름들도 마찬가지였다. 우유 같은 빛이 퍼져 흐르는 가운데, 파비앵과 무선사는 그 빛 안을 떠다니고 있었다. 뒤를 돌아본 파비앵은 무선사가 미소 짓고 있는 모습을 보았다.

"이제 좀 나아졌지 말입니다!"

무선사가 소리쳤다.

하지만 그 목소리는 비행기 소음에 묻혔고, 오직 미소만이 오갔다. 파비앵은 생각했다.

'웃고 있다니, 내가 진짜 미쳤나 보네. 우린 이제 끝인데.'

하지만 어떻든 수천 개에 달하는 어둠의 팔이 그를 놓아준 상태였다. 마치 잠깐이나마 풀려나 꽃들 사이를 혼자 거닐도록 허락받은 죄수처럼, 속박에서 벗어난 것 같았다.

'정말 아름답다.' 파비앵은 생각했다. 그는 보물처럼 빽빽이 들어찬 별들 사이에서 방황하고 있었다. 파비앵과 그의 동료 외에 생명체라고는 하나 없는 세계에서. 동화 속에 나오는, 보물이 가득한 방 안에 갇혀 다시는 빠져나올 수 없는 도둑들 같았다. 얼음처럼 차가운 보석들 속에서 엄청난 부자가 되어, 죽을 수밖에 없는 운명을 품고 방황하고 있었다.

17

파타고니아 노선의 기항지인 코모도로 리바다비아에서 무선
사 하나가 갑작스러운 몸짓을 하자, 별 소용없이 밤샘 근무를
하던 사무실 직원들이 모두 그의 주위로 모여들어 고개를 수그
렸다.

그들은 강렬한 불빛이 비추는 백지 한 장을 들여다보고 있었
다. 무선사의 손은 망설이고 있었지만, 연필은 움직이고 있었다.
그의 손이 아직 해석되지 않은 글자들을 붙잡고 있었건만, 손가
락이 벌써 후들거렸다.

"폭풍우인가?"

무선사는 '그렇다'고 머리를 끄덕였다. 폭풍우 때문에 잡음이

섞여 무전 내용을 알아듣기 힘들었다.

그는 알아볼 수 없는 기호 몇 개를 적었다. 그런 다음 단어 몇 개를 적었다. 이제 내용을 파악할 수 있었다.

―폭풍우 위 3800미터 상공에 갇힘. 바다 쪽으로 편류했다가, 내륙을 향해 정서향으로 비행 중. 아래쪽은 전부 막혔음. 아직 바다 위에 있는지 확실치 않음. 태풍이 내륙까지 들어왔는지 알려 주기 바람.

폭풍우 때문에, 이 전보를 부에노스아이레스까지 전달하려면 여러 무전국을 거쳐야 했다. 메시지는 망루에서 망루로 차례차례 불이 붙는 봉화처럼 밤을 뚫고 나아갔다.

부에노스아이레스에서 답신이 왔다.

―내륙 전역에 폭풍. 연료는 얼마나 남은 것인가?

―30분 비행 가능.

이 내용은 밤샘 근무 중인 무선사들을 통해 무전국에서 무전국을 거쳐 부에노스아이레스까지 거슬러 올라갔다.

우편기 승무원들은 30분 안에 태풍 속에 처박혀 땅바닥까지 밀려 내려갈 운명이었다.

18

　리비에르는 생각에 깊이 잠긴다. 더는 희망을 품지 않는다. 그 우편기 승무원들은 밤 속 어딘가로 침몰하고 말 것이다.

　리비에르는 강렬하게 남아 있는 어린 시절의 장면 하나를 떠올린다. 사람들이 시체 한 구를 찾으려고 연못의 물을 빼는 모습. 이번에도 마찬가지다. 어둠의 덩어리가 대지 위를 흘러가 버리기 전에는, 저 모래밭과 들판과 밀밭이 햇빛 속에 다시 제 모습을 드러내기 전에는, 아무것도 찾지 못할 것이다. 어쩌면 순박한 농부들이 발견하게 될지도 모른다. 팔꿈치를 구부려 얼굴을 가린 채 잠든 것처럼 보이는 두 아이가 평화로운 풀밭이나 황금빛 들판으로 밀려 나와 있는 모습을. 하지만 그들은 밤의 어둠에 익사한 것이겠지.

리비에르는 밤의 저 깊은 곳에 묻힌 보물들을 생각한다. 마치 신화에 나오는 바닷속에 묻힌 것 같은…… 모든 꽃을 품고, 아직 피지 않아 쓸모없는 꽃망울도 품고 날이 밝기를 기다리는 밤의 사과나무들을 생각한다. 밤은 풍요롭다. 향기와 잠든 어린 양들과 아직 색깔이 없는 꽃들로 가득 찬 밤.

비옥한 밭이랑과 촉촉한 숲과 싱그러운 목초지들이 햇빛을 향해 조금씩 올라올 것이다. 이제는 위험하지 않은 언덕과 초원과 어린 양들 사이에서, 온순한 세상 속에서, 두 아이는 잠든 듯 보일 것이다. 그리고 무언가가 눈에 보이는 이쪽 세계에서 저쪽 세계로 흘러갈 것이다.

리비에르는 파비앵의 아내를 잘 안다. 정도 많고 걱정도 많은 여인. 파비앵의 사랑은 가난한 아이에게 잠시 빌려준 장난감처럼 그녀에게 잠시 머무는 것이었다.

리비에르는 파비앵의 손을 떠올린다. 아직 몇 분 동안은 조종간에 자신의 운명을 걸고 있을 그 손을. 애정을 담아 쓰다듬던 손을. 어느 가슴 위에 놓여 마치 신의 손처럼 그 가슴에 파란을 일으켰던 손을. 어느 얼굴 위에 놓여 그 얼굴의 표정을 바꿨던 손을. 기적을 일으켰던 그 손을.

이 밤, 파비앵은 구름바다가 펼쳐 놓은 화려한 광경 위를 떠돌고 있지만 그 아래에는 영원의 세계가 있다. 그는 별자리들 사이에서 길을 잃었다. 자기 혼자만 살고 있는 그곳에서. 그는 여전히 세상을 두 손으로 쥐고는, 그것을 가슴에 품은 채 균형을 잡고 있다. 그는 조종간에 인류의 부의 무게를 싣고, 절망에 휩싸인 채 이 별에서 저 별로 보물을 가지고 떠돌아다니는 중이다. 다시 돌려줘야 할, 쓸모없는 보물을…….

리비에르는 생각한다. 어느 무전국 한 곳에서는 지금도 파비앵의 소식을 듣고 있으리라. 오직 하나의 음파만이, 단조의 음색만이 파비앵을 세상과 이어 주고 있다. 신음도, 울부짖는 소리도 아니다. 그것은 절망이 낼 수 있는 가장 순수한 소리다.

19

로비노가 그를 고독에서 끌어냈다.

"본부장님, 생각해 봤는데 이렇게 하면 어떻겠습니까……."

사실 제안할 건 없었지만, 그는 이렇게라도 자신의 선의를 표시했다. 그는 정말로 해결책을 찾고 싶어 했고, 마치 수수께끼의 답을 찾듯 해결책을 찾아내려 애썼다. 그는 항상 리비에르가 귀 기울여 듣지 않는 해결책을 찾았다.

"이봐, 로비노. 인생에는 해결책이란 게 없어. 앞으로 나아가는 힘이 있을 뿐이지. 그 힘을 만들어 내면 해결책은 따라오게 되어 있어."

그래서 로비노는 자신의 역할을 정비사들 사이에서 전진하는 힘을 만들어 내는 것으로 제한했다. 그가 만들어 낸 힘이 대단치

는 않았지만, 그래도 그 힘 덕분에 프로펠러 회전축은 녹슬지 않았다

하지만 이 밤에 발생한 일 앞에서 로비노는 무력함을 느꼈다. 감독관이라는 직책은 폭풍우에도, 유령 같은 승무원들에게도 아무런 힘을 발휘하지 못했다. 승무원들은 이제 시간 엄수 수당을 받기 위해서가 아니라 로비노의 처벌을 무의미하게 만드는 유일한 처벌, 바로 죽음을 피하기 위해서 사투를 벌이고 있었다.

그리고 이제 아무 쓸모가 없게 된 로비노는 이 사무실 저 사무실을 할 일 없이 떠돌고 있었다.

파비앵의 아내가 찾아왔다. 그녀는 불안에 휩싸여 직원들이 일하는 곳에서 대기하며 리비에르가 자신을 만나 주길 기대하고 있었다. 직원들은 힐끔거리며 그녀의 얼굴을 몰래 쳐다보았다. 그녀는 그런 시선에 부끄러움을 느끼며 두려운 눈으로 주위를 둘러보았다. 이곳의 모든 것이 그녀를 거부하고 있었다. 시체 위를 걷듯 자기 일을 계속하는 직원들이 그랬고, 인간의 목숨과 고통이 오로지 냉정한 숫자의 잔재로만 남은 서류들이 그랬다. 그녀는 파비앵의 존재를 알려 줄 무슨 표식이라도 있는지 찾아보았다. 집에서는 모든 것이 남편의 부재를 말해 주고 있었다. 반쯤 젖혀진 침대 이불, 준비해 둔 커피, 꽃 한 다발……. 하지만

이곳에선 아무런 표식도 찾을 수 없었다. 모두가 연민과 우정과 추억에 반하는 것이었다. 그녀 앞에서는 아무도 목소리를 높이지 않았기 때문에, 그녀가 들은 유일한 말은 어느 직원이 명세서를 요구하며 내뱉은 욕설뿐이었다.

"이런 젠장! 발전기 명세서 말이야. 우리가 산토스*로 보냈던 거."

파비앵의 아내는 깜짝 놀란 표정으로 그 사람을 쳐다보았다. 그러다가 벽에 걸린 지도를 보았다. 그녀의 입술이 떨렸지만, 거의 눈에 띄지 않았다.

그녀는 저들이 마주하고 싶지 않은 적대적인 진실을 자신이 표현하고 있다는 사실을 깨닫고는 당혹스러웠다. 사무실에 온 일이 후회될 정도였고, 어디론가 숨어 버리고 싶었다. 사람들의 눈에 너무 띌까 두려워 기침도 울음도 참고 있었다. 벌거벗고 있기라도 한 듯, 이곳에 있기에 이상하고 부적절한 사람처럼 느껴졌다. 하지만 그녀가 드러내는 진실이 너무도 강력했기에, 그녀의 얼굴을 훔쳐보며 그 진실을 읽으려는 시선들이 은밀하게, 지칠 줄 모르고 쏟아졌다. 파비앵의 아내는 퍽 아름다웠다. 그녀는 남자들에게 신성한 행복의 세계를 보여 주는 존재였다. 사람들

이 행동하면서 자신들도 모르는 사이에 훼손하게 되는 고귀함을 그녀는 보여 주고 있었다. 수많은 시선 속에서 그녀는 두 눈을 감았다. 사람들이 자신들도 모르는 사이에 깨뜨려 버리는 평화를 그녀는 보여 주고 있었다.

리비에르가 그녀를 맞았다.

그녀는 집에 있는 꽃과 준비해 둔 커피, 그리고 자신의 젊은 육체를 위해 조심스럽게 호소하러 온 것이었다. 다른 사무실보다 더 냉랭하게 느껴지는 리비에르의 사무실에서, 그녀의 입술이 또다시 희미하게 떨렸다. 그녀 역시 이처럼 다른 세상에서는 자신의 진실을 설명하기가 어렵다는 사실을 깨달았다. 그녀 안에서 솟아오르는 모든 것, 거의 날 것이라 할 만큼 격렬한 사랑과 헌신이 이곳에서는 성가시고 이기적인 얼굴을 한 듯 느껴졌다. 그녀는 도망쳐 버리고 싶었다.

"제가 방해가 되는 건 아닌지……."

리비에르가 말했다.

"방해라니요, 부인. 전혀요. 하지만 유감스럽게도 부인이나 저나 기다리는 일밖에 할 수가 없네요."

그녀가 어깨를 살짝 으쓱했고, 리비에르는 그 의미를 이해했다. '집에 간들, 그 전등 불빛이며 준비해 둔 저녁 식사며 꽃들이 다 무슨 소용이야…….' 언젠가 어느 젊은 어머니가 리비에르에게 털어놓은 적이 있었다.

"제 아이가 죽은 걸 아직도 받아들일 수가 없어요. 견디기 어려운 건 오히려 사소한 것들이에요. 아이가 입던 옷을 발견한다든지, 밤에 잠에서 깼을 때 가슴속에 애정이 샘솟는다든지 할 때요. 아이에 대한 애정은 이제 아무 소용없는데 말이에요. 제 젖처럼……."

이 여인에게도 내일이나 되어야 파비앵의 죽음이 시작될 것이다. 이제는 아무 의미가 없는 행동을 하나하나 할 때마다, 물건을 하나하나 보게 될 때마다. 파비앵은 서서히 자신의 집을 떠나갈 것이다. 리비에르는 마음 깊이 느끼는 연민을 감추었다.

"부인……."

젊은 여인은 자신이 얼마나 큰 힘을 지녔는지도 모르는 채, 겸손하기까지 한 미소를 지어 보이며 돌아갔다.

리비에르는 무거운 기분으로 자리에 앉았다.

'그래도 저 부인은 내가 찾고 있던 걸 발견하게 해 주는군.'

그는 북쪽 기항지들에서 온 비행 안전 전보들을 무심코 툭툭 건드리고 있었다. 그는 생각에 잠겼다.

'우린 영원하길 바라는 게 아니다. 행동들과 사물들이 갑자기 그 의미를 잃는 걸 보고 싶지 않을 뿐이지. 그러면 우리를 둘러싼 공허함이 드러나 버리니까…….'

그의 시선이 전보를 향했다.

'우리에겐 바로 이런 걸 통해서 죽음이 스며드는 것이다. 이제 아무 의미도 없는 이 메시지들……'

그는 로비노를 바라보았다. 더는 아무런 도움도 안 되고 별 의미도 없는 이 평범한 남자. 리비에르는 매정하다 싶게 말했다.

"내가 자네 할 일까지 직접 찾아다 줘야 하나?"

그러고 나서 리비에르는 직원 사무실 쪽으로 난 문을 밀고 들어갔다. 파비앵이 실종되었다는 사실이 너무도 분명하게 그를 덮쳐 왔다. 파비앵의 부인이 미처 보지 못한 표식들이 있었다. 파비앵의 비행기 번호인 'R.B. 903'이 적힌 종이쪽지가 벌써 벽 게시판의 '비행 불가능'란에 핀으로 꽂혀 있었다. 유럽행 우편기의 서류를 준비하던 직원들은 우편기가 지연될 것을 알고는 일을 제대로 하지 않고 있었다. 비행장 쪽에서 전화를 걸어 와, 이제 아무 목적 없이 밤새 대기 중인 직원들에게 지시 사항을 내려 달라고 요청했다. 생명의 활동이 느려지고 있었다. '죽음이란 바로 이런 것이다!' 리비에르는 생각했다. 그가 일궈 온 과업은 마치 바람 한 점 없는 바다 위에서 고장 나 버린 돛단배 같았다.

로비노의 목소리가 들렸다.

"본부장님…… 그 사람들 결혼한 지 6주밖에 안 됐어요……."

"가서 일 봐."

리비에르는 여전히 직원들을 바라보고 있었다. 사무원들 너머로 잡역부들, 기계공들, 조종사들을, 건설자라는 신념으로 그의 과업을 도와 온 모든 이들을 바라보았다. 그는 '섬'이 있다는 이야기만 듣고 배를 만들었던 그 옛날의 소도시들을 떠올렸다. 배에 자신들의 희망을 싣기 위해서, 그 희망이 바다 위에서 돛을 활짝 펼치는 모습을 보기 위해서 그들은 배를 만들었다. 배 한 척 덕분에 모두가 위대해지고, 모두가 자신에게서 벗어나며, 모두가 자유를 얻는다.

'목적이란 건 어쩌면 아무것도 정당화하지 못할 거야. 하지만 행동은 죽음으로부터 자유롭게 해 주지. 그 사람들은 자신들이 만든 배를 통해서 계속 살아가게 될 테니.'

그러니 전보들에는 그 진정한 의미를, 밤샘하는 직원들에게는 그들이 느끼는 불안을, 조종사들에게는 그들의 극적인 목적을 되찾게 해 줄 때, 그때 비로소 리비에르 역시 죽음에 맞서 싸우는 게 될 것이다. 바람이 바다 위 돛단배에 활기를 불어넣듯, 생명이 이 과업에 활기를 불어넣을 때, 리비에르도 죽음에 맞서게 될 것이다.

20

코모도로 리바다비아에서는 이제 아무것도 들리지 않는다. 하지만 이곳에서 1000킬로미터 떨어진 바이아블랑카에서는 20분 뒤 우편기로부터 두 번째 메시지를 포착한다.

—하강함. 구름 속으로 들어가는 중…….

이후 트렐레우 무전국에서는 어렴풋이 들리는 메시지 속에서 두 단어를 수신한다.

—……아무것도 보이지…….

단파(短波)라는 게 이렇다. 저쪽에서는 신호를 잡는데, 이쪽에서는 아무것도 들리지 않는다. 그러다 이유 없이 모든 게 바뀐다. 어디에 있는지 알 수 없는 그 우편기 승무원들은 시공을 초월해서 살아 있는 이들에게 자신들의 존재를 알리고 있다. 그리고 무전국의 백지 위에 마치 유령이 글을 쓰듯 희미한 신호들을 남기고 있다.

연료가 다 떨어진 걸까, 아니면 엔진이 멈추기 전에 충돌 없이 착륙하려고 조종사가 마지막 카드를 꺼내 든 것일까?

부에노스아이레스에서 트렐레우에 지시를 내린다.

─무슨 일인지 알아볼 것.

무전국의 수신소는 마치 실험실 같다. 니켈과 구리, 압력계와 전선 다발이 널려 있다. 흰 작업복을 입고 묵묵히 밤샘 근무를 하는 무선사들은 무슨 간단한 실험에라도 열중하고 있는 것 같다.

그들은 섬세한 손가락으로 기계를 만지고, 금맥을 찾는 수맥 탐사가처럼 자기력을 띤 하늘을 탐색한다.

"응답 없나?"

"응답 없습니다."

어쩌면 무선사들은 승무원들의 생명 신호와도 같은 그 음파를 포착할지도 모른다. 우편기와 그 현등이 별들 사이로 올라가면, 우편기 별이 부르는 노래가 들려올지도 모른다……

시간이 흐른다. 정말이지 피처럼 흐른다. 아직도 비행 중일까? 1초, 1초 지날수록 가능성이 사라져 간다. 시간이 흐른다는 건 파괴한다는 것과 마찬가지인 듯하다. 20세기가 흐르는 동안 시간이 사원을 건드리면서 화강암 속으로 길을 내고 결국에는 사원을 먼지로 흩뜨려 버리듯, 1초, 1초 흐를 때마다 마모의 시간이 쌓여 우편기에 탄 승무원들을 위협하고 있다.

매 순간이 무언가를 앗아간다.

파비앵의 목소리를, 파비앵의 웃음을, 그 미소를. 침묵이 제 영역을 넓혀 간다. 침묵이 점점 더 무거워지더니 바다처럼 육중해져 승무원들 위에 내려앉는다.

그때 누군가가 말을 꺼낸다.

"1시 40분. 연료가 바닥날 시간인데. 아직도 비행한다는 건 불가능해."

조용함이 찾아온다.

여행을 끝냈을 때처럼 씁쓸하고 맹맹한 맛이 입가에 올라온다. 알 수 없는 어떤 일이, 낙담할 만한 무언가가 일어났다. 니켈과 구리선이 여기저기 널린 가운데, 사람들은 폐허가 된 공장에서나 느껴지는 서글픔을 맛본다. 이 모든 설비가 무겁고 쓸모없고 의미를 잃은 것 같다. 죽은 나뭇가지를 쌓아 놓은 것처럼.

이제는 날이 밝기를 기다리는 수밖에 없다.

몇 시간 후면 아르헨티나 전체가 햇살 아래 모습을 드러낼 것이다. 여기 이 사람들은 그때까지 이곳에 머물러 있을 것이다. 해변에 서서 천천히, 아주 천천히 끌려 나오는 그물을 바라보듯이, 그물 안에 무엇이 있는지 모르는 채로.

리비에르는 자신의 사무실 안에서 정신이 이완되는 느낌을 맛본다. 커다란 재앙을 겪은 뒤에만, 그래서 운명이 인간을 놓아주었을 때에나 느낄 수 있는 감정이다. 그는 이 지역 경찰서 전체에 미리 신고를 해 두었다. 더는 할 수 있는 일이 없다. 그저 기다려야 할 뿐.

하지만 초상집에도 질서는 있어야 한다. 리비에르는 로비노에게 손짓했다.

"북부 기항지들에 전보를 보내. '파타고니아선 우편기가 상당히 연착할 것으로 예상됨. 유럽행 우편기가 너무 늦게 출발하지 않도록, 파타고니아에서 오는 우편물은 다음번 유럽행 우편기로 보내겠음'이라고."

리비에르는 몸을 살짝 앞으로 숙인다. 무언가를 기억해 내려고 애쓴다. 중요한 일인데. 아! 맞다. 잊어버리기 전에 로비노에게 말한다.

"로비노."

"네, 본부장님."

"공지 사항을 하나 만들어 봐. 조종사들에게 엔진 회전수는 1900회 이상을 금지한다고. 그렇지 않으면 엔진이 망가지니까."

"알겠습니다, 본부장님."

리비에르는 몸을 좀 더 숙인다. 무엇보다 혼자 있고 싶다.

"이제 됐어, 로비노. 그만 가 봐, 이 친구야……."

로비노는 이렇게 암울한 그림자가 닥친 상황에서도 평정심을 유지하는 리비에르의 태도에 두려움을 느꼈다.

21

로비노는 이제 침울한 기분으로 사무실 이곳저곳을 서성거리고 있었다. 2시로 예정되었던 우편기 출발은 취소되었고 날이 밝은 다음에야 떠날 테니, 회사가 숨쉬기를 멈춘 상태였다. 직원들은 굳은 표정으로 당직을 서고 있었지만, 쓸모없는 근무였다. 북쪽 기항지 비행장들에서 보내는 비행 안전 전보는 여전히 규칙적으로 들어오고 있었다. 하지만 '하늘 맑음', '보름달', '구름 없음' 같은 말들은 불모의 왕국을 떠올리게 할 뿐이었다. 달빛 아래 돌들뿐인 사막을. 로비노는 별생각 없이 사무장이 작업하던 서류를 뒤적이다가, 사무장이 그의 앞에 서 있는 걸 알아차렸다. 사무장은 예의는 갖추되 건방진 태도로 로비노가 서류를 돌려주길 기다리고 있었는데, 마치 이렇게 말하는 것 같았다. "필요하다면 보셔도 좋긴 한데, 그건 제 서류잖아요……." 부하 직원의 그런 태도에 감독관은 충격을 받았지만, 딱히 할 말이 떠오르지 않아 못마땅한 기분으로 서류를 돌려주었다. 사무장은 거만하게 자리로 돌아가 앉았다. '저 녀석을 내쫓았어야 했어.' 로비노는 생각했다. 하지만 겉으로는 태연한 척 몇 걸음을 옮기며 이번 참극을 생각했다. 이 사건으로 야간 비행 정책이 불명예스럽게 끝날 것 같아, 로비노는 2배로 서글퍼졌다.

그러다 자기 사무실에 틀어박혀 있는 리비에르의 모습이 떠올랐다. 리비에르는 그를 '이 친구야'라고 부르곤 했다. 지금껏 이 정도로 지지받지 못한 사람은 없었다. 로비노는 그에게 깊은 연민을 느꼈다. 로비노는 티 내지 않고 위로와 동정을 건넬 수 있는 말이 있나 생각해 보았다. 자신이 느끼는 감정이 아주 아름다운 것이라는 생각이 들었다. 그 감정에 고무된 로비노는 리비에르의 사무실 문을 살며시 두드렸다. 아무 대답도 없었다. 이 고요한 분위기에서 차마 더 세게 두드리지는 못하고, 문을 밀어 보았다. 리비에르는 거기 있었다. 로비노가 조금은 친구 같은 태도로 스스럼없이 리비에르의 방에 들어가는 건 이번이 처음이었다. 그는 자신이 총알이 날아다니는 전쟁터에서 부상당한 장군을 구하고 함께 후퇴한 뒤에 유배지에서 의형제를 맺는 중사와도 같다는 생각을 얼핏 해 보았다. 그는 '무슨 일이 일어나든 본부장님과 함께하겠습니다'라고 말하고 싶은 듯했다.

리비에르는 말없이 고개를 숙인 채 자신의 두 손을 바라보고 있었다. 그 앞에 선 로비노는 말을 꺼낼 엄두가 나지 않았다. 이 사자는 기가 꺾인 상태에서도 로비노를 주눅 들게 했다. 로비노는 좀 더 헌신적인 말을 준비하고 또 준비했지만, 눈을 들 때마다 마주하는 것은 4분의 3쯤 기울어진 리비에르의 머리와 회색 머리칼, 쓰라린 감정으로 굳게 다문 입술뿐이었다. 마침내 그는 결심했다.

"본부장님……."

리비에르가 고개를 들어 그를 바라보았다. 리비에르는 너무 깊고 아득한 공상에 빠져 있던 터라, 로비노가 와 있는 걸 미처 알아차리지 못했던 모양이었다. 그가 어떤 생각에 빠져 있었는지, 무엇을 느꼈는지, 그의 마음속에 어떤 슬픔이 자리 잡았는지는 그 누구도 알지 못했다. 리비에르는 로비노가 어떤 일의 산증인이라도 되는 것처럼 오랫동안 그를 바라보았다. 로비노는 그게 거북스러웠다. 리비에르가 로비노를 바라보면 볼수록, 리비에르의 입가에 이해할 수 없는 비웃음이 번졌다. 리비에르가 로비노를 바라보면 볼수록, 로비노의 얼굴이 점점 붉어졌다. 그럴수록 리비에르에게는 로비노가 감동적인 선의를 품고, 그리고 불행하게도 자발적으로 인간의 어리석음을 증명하러 이곳에 온

듯 보였다.

로비노는 너무도 당황스러웠다. 중사도 장군도 총알도 더는 통하지 않았다. 무언가 설명할 수 없는 일이 벌어지고 있었다. 리비에르는 여전히 그를 쳐다보고 있었다. 로비노는 자신도 모르게 자세를 고쳐 잡고, 왼쪽 주머니에 넣고 있던 손을 빼냈다. 리비에르는 아직도 그를 쳐다보고 있었다. 그러자 로비노는 너무도 난처해져서 이유도 모르는 채 이렇게 말했다.

"지시를 받으러 왔습니다."

리비에르는 시계를 꺼내 보고는 이렇게만 말했다.

"2시네. 아순시온에서 오는 우편기가 2시 10분에 도착할 거야. 2시 15분에 유럽행 우편기를 출발시키도록 해."

로비노는 야간 비행이 중단되지 않는다는 이 놀라운 소식을 퍼뜨렸다. 그리고 사무장에게 말했다.

"아까 그 서류 가져오십시오. 검토해야 하니까." 그리고 사무장이 그의 앞에 오자 이렇게 말했다.

"기다리십시오."

사무장은 기다렸다.

22

아순시온에서 오는 우편기가 곧 착륙하겠다고 알려 왔다. 최악의 상황에서도 리비에르는 전보를 하나하나 확인하며 우편기가 순조롭게 비행하는 걸 지켜보았다. 이런 혼란 속에서는 그것만이 자신의 신념에 대한 설욕이자 증거였다. 이번의 순조로운 비행은 전보를 통해 다른 수많은 비행도 순조로울 것임을 예고해 주었다. '매일 밤 태풍이 오지는 않으니까.' 리비에르는 이런 생각도 했다. '일단 길을 닦아 놓으면 그 길을 따라갈 수밖에 없어.'

활짝 핀 꽃들과 나지막한 집들과 유유히 흐르는 시냇물이 어우러진 아름다운 낙원에서 내려오기라도 하는 듯이, 파라과이를 떠나 여러 기항지를 거쳐 오는 비행기는 태풍 바깥에서 미끄러

지듯 하강하고 있었다. 태풍은 이쪽에선 별 하나도 흐릿하게 만들지 못했다. 승객 아홉 명은 여행용 담요를 몸에 두른 채, 보석이 가득한 진열창을 들여다보듯 창문에 이마를 대고 있었다. 창백한 금빛을 발하는 별들의 세상 아래서, 아르헨티나의 소도시들이 금빛 등불을 알알이 꺼내 놓고 있었기 때문이다. 조종사는 앞자리에서 목동처럼 크게 뜬 두 눈에 달빛을 가득 머금고서, 소중한 인간의 생명을 두 손으로 받쳐 들고 있었다. 부에노스아이레스는 벌써 장밋빛 불빛을 켜 지평선을 가득 물들이고 있었고, 조금 있으면 온 도시의 보석들이 동화 속에 나오는 보물들처럼 빛날 것이다. 무선사는 하늘에서 소나타의 마지막 소절을 즐겁게 연주하듯 손가락으로 마지막 전보를 쳐 보냈다. 리비에르는 이해할 수 있는 노래였다. 무선사는 안테나를 거두고 잠깐 기지개를 켜며 하품을 하더니 빙그레 웃었다. 이제 곧 도착이다.

착륙한 조종사는 유럽행 우편기 조종사가 양손을 주머니에 찔러 넣고 비행기에 기대서 있는 모습을 보았다.

"자네가 가는 거야?"

"응."

"파타고니아 우편기는 도착했고?"

"기다리지 않기로 했어. 실종이야. 날씨는 좋아?"

"아주 좋아. 파비앵이 실종됐단 말이야?"

둘은 그 일에 대해선 거의 이야기하지 않았다. 깊은 동지애를 느끼는 데는 말이 필요 없었다.

사람들이 아순시온에서 온 우편물 자루들을 유럽행 비행기로 옮겨 싣는 동안, 조종사는 여전히 꼼짝하지 않고 있었다. 그는 머리를 뒤로 젖혀 목덜미를 기체에 기대고는 별들을 바라보았다. 그는 내면에서 엄청난 힘이 솟아나는 것을 느꼈다. 강렬한 기쁨이 그를 사로잡았다.

"다 실었어? 좋아, 시동 걸어." 누군가의 목소리가 들렸다.

조종사는 미동도 하지 않았다. 엔진에 시동이 걸렸다. 조종사는 기체에 어깨를 대고는 비행기가 살아 숨 쉬는 걸 느껴 볼 참이었다. 조종사는 드디어 마음을 놓았다. 출발한다, 안 한다, 수차례 헛소문이 돈 끝에 드디어 출발하는 것이다! 그의 입이 살짝 벌어졌고, 달빛 아래 드러난 치아가 어린 맹수의 이빨처럼 반짝였다.

"조심해, 밤이니까. 알았지!"

동료가 건네는 조언이 귀에 들어오지 않았다. 주머니에 양손을 찔러 넣은 채, 머리를 뒤로 젖히고 구름과 산과 강과 바다를 마주하면서, 그는 조용히 웃기 시작했다. 잔잔한 미소였지만, 그의 내면에서 우러나와 나무를 흔드는 산들바람처럼 그의 온몸을 떨게 만들었다. 잔잔한 미소였지만, 구름과 산과 강과 바다보다 훨씬 더 강력했다.

"무슨 일이야?"

"바보 같은 리비에르가…… 내가 겁먹은 줄 알더라고!"

23

조금 있으면 부에노스아이레스 상공을 지나갈 것이다. 싸움을 다시 시작하는 리비에르는 비행기 굉음이 듣고 싶다. 마치 별들 속으로 나아가는 군대의 힘찬 발소리처럼, 시작되고 울려 퍼지고 사라지는 그 소리를.

리비에르는 팔짱을 낀 채 직원들 사이를 지나간다. 창문 앞에 잠시 멈춰 서서 귀를 기울이더니 생각에 잠긴다.

그가 단 한 번이라도 출발을 중지했다면, 야간 비행의 명분은 사라졌을 것이다. 하지만 내일이면 그를 비난할 저 마음 약한 사람들을 제쳐 두고, 리비에르는 또 다른 승무원들을 어둠 속으로 내보냈다.

승리…… 패배…… 이런 단어들은 아무 의미 없다. 생명이란 이런 이미지들보다 깊은 곳에 자리하며, 이미 새로운 이미지를 준비하고 있다. 승리는 한 민족을 나약하게 만들고, 패배는 다른 민족을 일깨운다. 리비에르가 맛본 패배는 아마도 진정한 승리에 가까이 가기 위한 시작일 것이다. 중요한 건 오직 일을 앞으로 나아가게 하는 것뿐이다.

5분 후면 무전국에서 기항지 비행장들에 경보를 보낼 것이다. 15000킬로미터에 걸쳐 힘차게 움직이는 생명이 모든 문제를 해결해 줄 것이다.

벌써, 오르간 선율 같은 비행기 소리가 하늘로 솟아오르고 있다.

리비에르는 그의 매서운 시선에 움츠러든 직원들을 지나 자기 자리로 천천히 돌아간다. 위대한 리비에르, 승리자 리비에르. 승리의 무게를 짊어진 자.

1900년   6월 29일 프랑스 중부 도시인 리옹에서 귀족 출신인 장 드 생텍쥐페리 백작의 2남 3녀 중 차남으로 태어난다.

1912년   앙베리외 비행장에서 조종사 베드린에게 이끌려 처음으로 비행기를 탄다. 그 경험을 바탕으로 시를 쓰기도 한다.

1917년   학교 기숙사에서 함께 지내던 동생 프랑수아가 사망한다. 프랑수아의 사망은 『어린 왕자(Le Petit Prince)』의 비극과 관련한 모티프가 되었다.

1921년   4월에 군에 입대하고 군용기 조종사 자격을 취득한다.

1925년   파리에 들를 때마다 이모 집에 머물면서 앙드레 지드, 장 프레보와 친분을 맺는다.

1926년 　장 프레보의 주선으로 잡지 『나비르 다르장(Le Navire d'Argent)』에 『남방 우편기(Courrier Sud)』의 초고에 해당하는 단편소설 「비행사(L'Aviateur)」를 발표한다. 그리고 라테코에르 항공사에 취직하며 조종사 일에 몰두한다.

1929년 　『남방 우편기』를 발표한다. 아르헨티나 항공우편 회사의 과장으로 부임하면서 메르모즈, 기요메 등과 근무한다.

1930년 　민간항공 부문에서 공로 훈장을 받는다. 그해 6월 가장 친한 동료인 기요메가 안데스산맥 횡단 중 행방불명된다. 생텍쥐페리는 닷새 동안 기요메 수색에 나섰으나 실패하고 만다. 얼마 후 기요메가 자신의 힘으로 살아 돌아온다.

1931년 　앙드레 지드의 서문이 실린 『야간 비행(Vol de nuit)』이 출간된다. 12월에 『야간 비행』으로 페미나 상을 수상하여 여러 나라 언어로 번역 출간되고 영화로도 만들어진다.

1932년 　라테코에르 항공사에 재입사한다. 시험 비행사로 근무하던 중 생라파엘 만 부근에서 추락 사고를 당한다.

1934년 　'에어프랑스'에 입사하여 홍보실에서 근무한다. 『남방 우편기』가 영화화되고 자신이 직접 비행사로 출연한다.

1935년   12월에 파리-사이공 간 비행시간 신기록 달성을 위해 프레
         보와 함께 '시문기'에 탑승하여 공항을 출발했으나 리비아
         사막에 불시착한다.

1936년   불시착 후 닷새 만에 베두인 카라반에 의해 구출되어 알
         렉산드리아를 거쳐 귀국한다. 8월에 『파리 수와르』의 특
         파원으로 스페인 내란을 취재 보도한다. 그리고 『성채
         (Citadelle)』를 집필하기 시작한다.

1939년   파리로 돌아와 『인간의 대지』를 출간한다. 5월에 국민훈장
         받고, 6월에 『인간의 대지』로 아카데미프랑세즈의 소설대상
         을 수상한다. 이 소설은 곧 영화화되고 뉴욕에서 출간되어
         베스트셀러가 된다. 9월에 제2차 세계대전의 발발로 33비
         행정찰대에 배속된다.

1940년   6월 독불 휴전으로 징집해제와 함께 마르세유로 돌아온다.
         『성채』의 집필을 계속한다.

1941년   뉴욕으로 건너가 33비행정찰대 경험을 바탕으로 『전시 조
         종사』를 집필한다.

1942년   『전시 조종사』를 영역(英譯)하여 미국에서 출간했고, 이후
         베스트셀러가 된다. 프랑스에서도 출간되었으나 독일 점령
         당시 당국에 의해 발매 금지 처분을 받는다.

1943년　　4월에 『어린 왕자』를 출간한다. 같은 해 제2의 33비행정찰
　　　　　대에 편입되고, 6월에 소령으로 진급한다. 론강 상공 비행
　　　　　정찰 후 대기명령을 받아 중형 폭격기 중대에 배속된다. 『성
　　　　　채』의 집필을 계속한다.

1944년　　7월 31일 오전 8시 반, 여섯 시간 분의 연료를 채우고 그르
　　　　　노블과 안느시로 정찰비행에 나섰다가 실종된다. 그 후, 목
　　　　　격자들의 증언에 따르면 귀로에 코르시카 수도에서 100킬
　　　　　로미터 떨어진 곳에서 독일 전투기에 의해 격추되어 전사하
　　　　　였다고 한다.

1948년　　『성채』가 출간된다. 생텍쥐페리가 녹음해 놓은 원고를 비서
　　　　　가 정리하고, 그의 친구들이 모아 출판했다.

지은이 **앙투안 드 생텍쥐페리** Antoine de Saint-Exupéry

1900년 프랑스 리옹에서 태어났으며 파리 예술 대학에서 건축학을 공부했다. 1921년 공군에 입대해 조종사 면허를 땄고, 라테코에르 항공사에 들어가 아프리카, 대서양 및 남아메리카를 통과하는 우편비행을 담당했다. 1930년대에는 에어프랑스의 홍보담당 기자로 일했다. 1939년 육군 정찰기 조종사가 되었으며, 1943년 연합군에 합류, 1944년 7월 31일 프랑스 남부 해안을 정찰비행하다 행방불명되었다. 대표작으로는『남방 우편기』『야간 비행』『인간의 대지』『전시 조종사』『어린 왕자』등이 있다.

옮긴이 **김지현**

이화여자대학교 불어불문학과를 졸업하고 여행 및 문화 예술 콘텐츠 제공업체에서 취재기자 겸 에디터로 근무하며 도서 기획과 출판 업무를 담당했다. 그 후 홍보 컨설팅 회사에서 글로벌 기업들의 국내 홍보 프로젝트를 담당하며 번역 및 언론 홍보를 맡아 진행했다. 현재 번역 에이전시 엔터스코리아에서 불어 및 영어 번역가로 활동 중이다. 주요 역서로는『이상한 나라의 앨리스 아트북』『브랜드 일러스트북 디올』『메르켈: 세계를 화해시킨 글로벌 무티』『우리는 어쩌다 혼자가 되었을까?』『두부 Cook Book』,『디자이너가 꼭 알아야 할 그래픽 500』등이 있다.

야간 비행

초판 1쇄 인쇄 2025년 11월 15일
초판 1쇄 발행 2025년 11월 31일

지은이 | 앙투안 드 생텍쥐페리

옮긴이 | 김지현

편집 | 정윤아

펴낸이 | 김지유

펴낸곳 | 페리버튼

등록 | 제2023-000012호

주소 | 04031 서울시 마포구 양화로15안길 19, 2층

전화 | 070-8800-4157

팩스 | 050-8924-4157

전자우편 | peributton@naver.com

블로그 | blog.naver.com/peributton

인스타그램 | peributton

ISBN 979-11-981919-8-4